PLEINS FEUX SUR NINA

L'auteur

Née à Rabat, au Maroc, **Anne-Marie Pol** a eu une enfance et une adolescence voyageuses. Cette vie nomade l'a empêchée d'accomplir son rêve : être ballerine. Elle a vécu en Espagne où elle a travaillé comme mannequin pendant une dizaine d'années. En 1980, de retour à Paris, après des études théâtrales à la Sorbonne, elle se décide à réaliser un autre grand rêve : écrire. Son premier roman paraît en 1986. Depuis, elle a écrit de nombreux livres, dont certains sont maintenant traduits en plusieurs langues. Ses ouvrages sont publiés chez Bayard Éditions, Mango, Flammarion, Hachette, Grasset.

**Vous êtes nombreux à nous écrire
et vous aimez les livres de la série DANSE !
Adressez votre courrier à :
Pocket Jeunesse, 12, avenue d'Italie, 75013 Paris.
Nous vous répondrons et transmettrons
vos lettres à l'auteur.**

Danse !

Anne-Marie Pol

Pleins feux sur Nina

POCKET
jeunesse

Nous remercions de tout cœur Janine Stanlowa qui nous a très amicalement ouvert les studios de son école, l'Institut international Janine Stanlowa, pour y planter le décor des couvertures de DANSE ! Merci aussi à ses élèves qui ont eu la gentillesse d'en interpréter les personnages.

Malgré leurs noms de famille empruntés à l'histoire du ballet, les personnages de ce roman sont fictifs. Toute ressemblance entre eux et des personnes existant, ou ayant existé, est le fruit du hasard.

© 2000, éditions Pocket Jeunesse
ISBN : 2-266-09905-1

Loi n° 49 956 du 16 juillet 1949 sur les publications destinées à la jeunesse : janvier 2000

**Tu danses,
tu as dansé,
tu rêves de danser...
Rejoins vite Nina et ses amis.
Et partage avec eux
la passion de la danse...**

Pour Marie-Hélène Delval

Résumé de DANSE ! n° 5 :
Le garçon venu d'ailleurs

Tout va bien ! Malgré le départ de son père pour l'Égypte, Nina Fabbri a obtenu de rester à Paris pour danser. Et elle danse avec les élèves de Camargo – cette école où elle est boursière. Pensionnaire chez Garance Legat, la maman d'Émile, elle s'y sent comme un poisson dans l'eau. De plus, elle a été choisie pour figurer dans un téléfilm qui va être tourné à l'école !

Mais dans tout ce bonheur, il y a quelques fausses notes. Zita, sa meilleure amie, commence à lui faire grise mine. Du coup, Nina se renferme. Elle ne lui parle pas de Mo, le danseur de hip-hop. Elle va même le voir danser en cachette. Et c'est à lui qu'elle réserve un des trois scarabées bleus envoyés d'Égypte par son père...

1
Vraiment jolie...

On part à l'école Camargo, Émile et moi, dans le froid piquant de janvier. C'est un moment que j'aime bien. Il me donne du courage pour la suite. On fait ce petit bout de rue, main dans la main. Une grande sœur et son petit frère. Ça m'aurait plu d'en avoir un pour de bon, et je suis bien contente d'avoir trouvé son remplaçant.

– Tu sais pas, Nina ? dit-il. Je te parie qu'un de ces quatre, on se baladera, tous les deux, dans une limousine longue et brillante comme une panthère noire...

– Qu'est-ce que tu racontes ? D'abord, c'est quoi, une... limousine ?

Il explose de rire :

— La nulle ! Une limousine est une voiture immense où se trimballent les stars.

Rien que ça ? Je me moque :

— Et c'est là-dedans que tu nous imagines ?

— Ouais. Quand on sera invités au festival de Cannes, toi et moi, après le film.

Ce Mimile !

— Redescends sur terre, mon-petit-chouchou-d'amour... On va juste faire de la figuration dans un téléfilm. Ce n'est pas avec ça qu'on va décrocher la Palme d'or !

Il a l'air tout déçu. Ma parole ! Il s'y croyait déjà ! Quand Garance, sa maman, dit que les garçons attrapent la grosse tête plus vite que les filles, elle a bien raison ! Je rigole :

— Tu sais ce que ça veut dire, avoir « le melon » ?

— Non.

Je lui frotte le crâne :

— Devine !

Il se dégage, vexé. Il a compris. Un point partout !

On tourne le coin. Notre école, un ancien

hôtel particulier, est située au bout de la rue ; d'habitude, elle semble bien défendue par un haut mur percé d'une énorme porte cochère. Mais aujourd'hui...

– Ça alors !

Devant ses battants grands ouverts stationne un gros camion. Des câbles s'en échappent qui semblent ramper vers notre cour.

– Un groupe électrogène ! s'écrie Émile. Je te parie que c'est la télé !

Il s'y connaît un tout petit peu. Sa mère travaille dans le cinéma. Il m'explique, l'air supérieur :

– C'est pour envoyer de l'électricité aux projos... aux projecteurs, quoi !

Là, je m'énerve :

– Tu me prends vraiment pour une gourde ! Je le sais, figure-toi !

Et on s'arrête, un quart de seconde, à côté de ce véhicule. À part la cabine du chauffeur, c'est un bloc de métal sans une ouverture. Je chuchote :

– Ils ont déjà commencé à tourner, tu crois ?

— J'en sais rien. En tout cas, ils installent leur fourbi.

— Génial !

Un pétillement d'excitation me picote la peau. On va nous filmer ! C'était un projet. Et, maintenant, il devient une réalité. Quand même... j'ai une de ces veines ! Je tire Émile par la main :

— Allez, viens ! Si jamais on nous demande...

— T'as raison.

On entre dans la cour. C'est drôle ! Encombré par des caisses de matériel, on dirait que cet endroit n'est plus tout à fait le même. Des machinistes y vont et viennent. L'un d'eux traîne un câble en direction de l'escalier extérieur qui mène aux studios de répétition, des salles louées aux danseurs professionnels, où il nous est interdit d'aller.

Émile ouvre de grands yeux :

— Dis donc, s'ils tournent là, on va pouvoir y entrer, alors ? Super !

Je ne réponds pas. Je suis des yeux un électricien en bleu de travail qui trimballe un projecteur encore éteint, un sunlight.

Avec sa grosse tête de verre et ses pattes maigres, on dirait...

– Une espèce d'extraterrestre ! déclare Émile.

On pousse en riant la porte vitrée de l'accueil :

– Bonjour, madame Suz...

Et on reste la bouche ouverte. L'entrée exiguë est colonisée par une dizaine d'inconnus qui occupent les chaises en discutant, ou consultant des papiers. Une fille d'une trentaine d'années coiffée en jet d'eau et vêtue à la diable d'un jogging avachi, un énorme cahier orange sous le bras, est penchée vers Mme Suzette qui, à son bureau, écrit au marker sur un papier quadrillé.

– Tu tombes à pic, Nina Fabbri...

Mme Suzette me tend la feuille brillante d'encre fraîche :

– Colle ça sur la porte, que les filles le remarquent en entrant. Tiens, voilà le rouleau de Scotch.

– Je vais t'aider, dit Émile.

Mais, avant de poser le papier à plat derrière le carreau, pour qu'il se voie bien du dehors, on lit vite les trois lignes tracées par la dame de confiance.

« *En raison du tournage, le vestiaire des Vertes sera inutilisable. Les élèves de cette classe sont priées de s'habiller chez les Roses.* »

Émile claironne :

– Pourquoi, madame Suzette ?

– Qu'est-ce que ça peut te faire ? le rembarre-t-elle. Tu n'es pas Verte, que je sache !

Les gens rigolent. Mon « petit frère » rougit et, déconfit, me plante là. Il file vers l'escalier. Quelle idiote, cette bonne femme !

Je dis froidement :

– Ça y est. C'est fait.

Et la fille au jet d'eau me sourit. Une de sympa ! C'est déjà ça ! Je lui souris aussi, et j'aperçois un titre en grandes lettres noires sur la couverture orange de son gros cahier : *Le Tutu déchiré*. C'est le scénario.

– Dépêche-toi, Nina, grommelle par habitude Mme Suzette.

Je réponds à mi-voix :

– Je ne fais que ça.

Et je me dirige vers le vestiaire des

Roses, au rez-de-chaussée, sous l'escalier. En ouvrant la porte, j'entends dans mon dos :

– Elle est vraiment jolie, cette petite.

C'est une voix d'homme. Grave et songeuse. Je ne me retourne pas. Ça m'intimide trop.

Mais qu'est-ce que je suis contente !

2
Un panier de crabes roses et verts

En me retournant après avoir refermé la porte, je tombe nez à nez avec Fanny-la-Rose qui se déshabille, entre Roxane, Bérengère, et toute une flopée de filles de leur classe.
– Qu'est-ce que tu fais ici ? mugit-elle.
– À ton avis ?
Elle me regarde de travers. Elle avait déjà une dent contre moi, à cause de la variation que j'ai dansée avec son bel Alex[1], mais je

1. Voir *Sur un air de hip-hop*, n° 4.

parie que, maintenant, elle doit en avoir deux. J'ai été choisie pour faire de la figuration, pas elle.

Je la toise :

– Dis donc ! Tu viens sans arrêt dans notre vestiaire.

Sans écouter ma remarque, elle grommelle :

– Si on peut plus être tranquilles entre grandes !

Je proteste :

– J'y suis pour rien ! C'est Mme Suzette qui nous envoie ici.

À cet instant, le battant s'ouvre sur une ribambelle de Vertes.

Fanny piaule :

– Décidément, c'est l'invasion !

– Notre vestiaire est pris par les gens du téléfilm, riposte Victoria.

– Pour quoi faire ?

– On n'en sait rien...

Les Roses se poussent de mauvaise grâce en maugréant contre les cinéastes, sauf Roxane et Bérengère qui font partie des élues.

Elles chuchotent :
— On tourne quand... ?
— Un plan de tournage va être affiché à l'accueil ! lance Julie, toujours au courant de tout.

Victoria s'installe à côté de moi.
— J'ai rapporté la lettre d'autorisation signée par mes parents, me dit-elle d'un ton triomphal.

Cette formalité est obligatoire si la production veut nous employer. Alors, toutes les figurantes se sont dépêchées d'obtenir la permission.

— Comment tu te débrouilles, toi, Nina, avec ton père en Égypte ? reprend-elle.

Je réponds avec emphase :
— Mme Camargo a une procuration. Elle a signé au nom de Papa.

Au fond, je ne suis pas mécontente de me sentir « à part ». Les grands artistes le sont toujours ! Et puis, je suis assez fière que la directrice de l'école soit un peu ma protectrice. Tout le monde n'a pas Odette, le magnifique cygne blanc du *Lac*[1], pour veiller sur lui.

Zita et Alice entrent en trombe.

– Salut, Nina, me disent-elles en duo.
– Bonjour.

Elles ont l'air vraiment copines. Inséparables. Ça me fait de la peine. Alice m'a pris ma meilleure amie.

Mais, au fond, moi, j'ai Mo. Alors, si Zita ne m'aime plus tellement, c'est moins grave grâce à lui !

Mo...

Dans un moment pareil, j'aimerais qu'il soit près de moi.

– Nina...

Zita me fait tressaillir. Je la regarde tout en remontant les bretelles de mon justaucorps d'un geste mécanique. Elle fronce ses

---

1. *Le Lac des cygnes* : ballet de Marius Petipa et Lev Ivanov, créé à Saint-Pétersbourg le 15 janvier 1895, sur une musique de Piotr Ilitch Tchaïkovski, raconte l'histoire d'une princesse, Odette, changée en cygne blanc par un magicien. Le Cygne noir, Odile, qui essaie de la supplanter et de séduire le Prince à sa place, est son sosie maléfique.

sourcils noirs, si jolis qu'on dirait des ailes d'oiseau.

– Qu'est-ce que tu as ? demande-t-elle.
– Rien.

Au fond, j'aimerais bien qu'elle insiste un peu... oh ! juste un tout petit peu, afin de pouvoir lui répondre à mi-voix qu'on doit se voir seule à seule. Mais...

– Tu fais une de ces têtes... ! intervient Alice.

Et tout est gâché. J'aime bien Alice, mais il y a des choses secrètes qui ne la regardent pas. Je grogne :

– Quelle tête ?

Alice s'offusque :

– Oh ! là, là ! tu prends un de ces caractères de chien !

– C'est ça, les stars ! ricane Julie-la-Peste.

Fanny s'esclaffe :

– Si tu t'y crois déjà, c'est grave, ma petite !

– N'importe quoi !

Je ne trouve rien de plus percutant à répliquer. Je m'assois par terre pour farfouiller dans mon sac : mes chaussons sont au fond.

« Zita ne m'a même pas défendue... »

Et c'est pire que tout le reste ! Heureusement, l'entrée d'Élodie, d'Amandine et de Flavie me distrait un peu. Notre « fleur de serre » traîne la patte. Qu'est-ce qu'elle a, cette fois-ci ?

— Une de ces ampoules, je te dis que ça ! larmoie-t-elle en s'effondrant près de nous.

Vlan ! Le battant claqué par la main impatiente de Fanny-la-Rose nous fait toutes sursauter. Là-dessus, elle glapit :

— Vous pourriez au moins fermer la porte... ou vous habiller dehors ! Y en a marre de ce défilé de Vertes !

À mon avis, le caractère de chien, c'est le sien ! Mais Élodie aboie plus fort qu'elle :

— Dis donc ! Je ne vais pas me mettre les fesses à l'air devant tout le monde pour te faire plaisir !

— Mine de rien, ce serait peut-être le début d'une carrière ! remarque Julie. Je te parie que tu finirais au Lido avec des plumes de paon où je pense !

— Parce que tu penses... toi ? s'étonne Élodie d'un air naïf.

Bien envoyé ! Jaune de dépit, Mlle Langue-pointue en reste coite. Et les Vertes rigolent. Sauf moi.

– Mes chaussons...
– Lesquels ? interroge Victoria.
– Mes demi-pointes. Je ne les trouve pas !
– Tu les as oubliées chez toi ?

Amandine hausse les épaules :
– Puisque tu habites à deux pas, va les chercher !
– Je n'ai pas le temps. Si j'y vais, je rate les pliés. Et Maître Torelli va être furieux.
– Fais la barre avec tes pointes.
– C'est vrai... je pourrais... mais...
– Désolée, impossible de te refiler les miens ! plaisante Élodie.

Elle fait du 42 fillette – d'après Mme Suzette. Moi, j'ai des pieds plutôt petits. Alice met son grain de sel :
– De toute façon, les chaussons, c'est comme les brosses à dents, ça ne se prête pas !

Je marmonne :
– Ça dépend.

Je fais du 37. Comme Zita. Elle a toujours des paires supplémentaires dans son

23

sac. Elle pourrait avoir l'idée de m'en prêter une... mais non !

— Va voir dans le coffre ! s'écrie Victoria.

Chez Camargo, c'est le réceptacle des objets trouvés. La femme de ménage y enfouit tout ce qui a été oublié dans les vestiaires.

— C'est vrai ! Ils doivent y être...

Je me précipite dehors en justaucorps. Pas le temps de passer mon cache-cœur ! D'ici que j'attrape froid ! L'accueil est plein de courants d'air... et vide maintenant, à part Mme Suzette, le nez sur l'écran de l'ordinateur.

Je passe sur la pointe de mes collants, mais elle doit avoir des yeux dans le dos.

— Où vas-tu comme ça, Nina Fabbri ? s'informe-t-elle sans se retourner.

— Au coffre... mes chaussons...

— Tête de linotte !

Un compliment à la « crêpe Suzette », comme l'appelle Julie-la-Peste. J'aime mieux me souvenir de celui de tout à l'heure !

Et je monte l'escalier quatre à quatre.

3
Une étoile, une vraie

Le coffre des objets perdus est installé dans le couloir, entre le vestiaire des garçons, d'où s'échappe un brouhaha de voix, et celui des Vertes, incroyablement silencieux. C'est un ancien coffre à jouets à la peinture rose écaillée. Il ne renferme plus de poupées, de petites voitures ou de nounours, mais un inextricable bazar : jupettes de mousseline froissée, chaussons dépareillés, chauffe-cœurs en boule, ou sachets de sparadrap entamés.

J'y trouve même un vieux poudrier et un peigne édenté. Pas mes chaussons. Et aucun qui puisse m'aller ! Les oubliés de la malle au trésor sont minuscules, ou immenses. Je rabats le couvercle de bois. Condamnée à mettre mes pointes dès la barre ! Quelle punition ! D'habitude, je préfère me détendre les pieds, les chauffer et les assouplir dans les règles, avec des savates bien avachies.

Je me relève. Un coup d'œil à la porte de notre vestiaire. Interdit d'y aller. D'accord. Mais...

– C'est trop bête !

Et si mes chaussons y sont restés... ? On ne sait jamais.

Je m'approche à pas de loup. Aucun bruit. Je tourne doucement la poignée, j'entrouvre la porte... et la figure dans l'entrebâillement, je reste médusée. Notre domaine est tout chamboulé. Il a été transformé en loge.

Des tutus pendent aux portemanteaux. Sur une table couverte de flacons, tubes, poudriers et pinceaux, un miroir entouré d'ampoules électriques est installé. Le beau visage d'une jeune femme que je vois de dos s'y reflète. Elle est vêtue d'un peignoir, ses longs cheveux blond vénitien sont noués d'un ruban rouge. Assise dans un fauteuil, un Kleenex autour du cou, elle a posé ses pieds nus sur le rebord de la table. Des pieds musclés, parcourus de veines bleues, avec certains orteils entortillés d'albuplast. Des pieds de danseuse.

« La vedette du film ! »

La maquilleuse, une fille entre deux âges, est penchée sur elle, une houppette à la main. Elle relève la tête :

– On ne t'a pas dit que pendant le tournage, c'était privé, ici ?

– Excusez-moi.

– C'est la loge d'Éva Miller.

J'en reste vissée au plancher ! Éva Miller ! Une étoile de l'Opéra. Une vraie. Je l'ai vue danser la « Belle[1] », quand j'étais petite, avec Maman. Mais, là, pas encore fardée, sans jupe de tulle et couronne, je ne risquais pas de la reconnaître. Elle a l'air d'une gamine. Sans pouvoir m'en empêcher, je la dévore des yeux.

---

1. *La Belle au bois dormant* : ballet de Marius Petipa, sur une musique de Piotr Ilitch Tchaïkovski, créé à Saint-Pétersbourg le 3 janvier 1890.

Elle se retourne :

— Tu veux quelque chose ?

Je devrais lui réclamer un autographe, je n'ai pas le culot. Je balbutie :

— Mes chaussons. J'ai dû les oublier ici.

Elle me sourit. Sa façon de me donner la permission de les chercher, je suppose. La maquilleuse grommelle :

— Dépêche-toi, petite. On a du boulot.

— Si on perd cinq minutes, ce ne sera pas un drame ! proteste Éva Miller.

Je me jette à quatre pattes sous un banc en marmonnant :

— Si je ne les trouve pas, je suis fichue.

J'entends un éclat de rire. Celui de l'étoile.

— On a toutes vécu ça, explique-t-elle à la maquilleuse, j'en ai fait des cauchemars, et je continue... Je vais entrer en scène, et mes pointes sont introuvables ! C'est l'horreur ! Je me réveille en criant.

J'aimerais lui dire, et je sais que je n'oserai pas :

« Moi aussi, j'ai un rêve dans le même genre. »

Mais le mien est encore pire, parce qu'il

est lié à ma maman. Et, ça, je ne peux pas le confier à n'importe qui. Même pas à une étoile. En fait, je crois que je ne le confierai jamais à personne.

Je me mets debout en époussetant mes genoux.

– Tu as trouvé ?
– Non.

J'ai presque envie de pleurer. Un tout petit peu à cause de mes chaussons perdus, mais surtout parce que je suis remuée d'avoir pensé à Maman quand je ne m'y attendais pas.

– Ne fais pas cette tête... sourit Éva. Tu chausses du combien ?

Je réponds machinalement. Et j'entends :

– Comme moi ! Tiens, passe-moi mon sac... sur le banc, au bout... Je vais te prêter une paire de demi-pointes.

– KOA ?

Je dois avoir l'air vraiment hébétée ; elle pouffe de rire :

– J'en emporte toujours des tas avec moi. Je déteste me séparer de mes chaussons, même vieux, même moches, j'ignore pourquoi.

Je n'en reviens pas : elle fait si peu de chichis ! Éva Miller est en train de me parler d'elle, comme à une amie. Plus on est haut, plus on est simple. C'est clair. En lui apportant son sac, je réussis à balbutier :

— C'est vachement gentil de...

— Penses-tu ! m'interrompt-elle. À vrai dire, je ne m'en sers plus, ça leur rendra un peu de vie.

Du fond de son gros balluchon de cuir rouge, elle exhume deux tatanes fatiguées, qu'elle me tend.

— Tu vois, je ne te prête rien de fabuleux.

Je réponds tout bas :

— Si.

Les vieux chaussons d'une étoile ! Pour moi, c'est plus beau que n'importe quel objet précieux. En les mettant, mon cœur bat comme un tambour. Je murmure :

— Merci. Merci beaucoup. Je vous les rendrai demain.

— Tu as tout ton temps, ma jolie, me sourit-elle, on tourne ici pendant huit jours.

— Génial !

Je voudrais l'embrasser, mais rien qu'à cette idée, je tremblote de timidité. Du reste, elle se réinstalle dans le fauteuil et, tendant son visage à la maquilleuse, m'oublie aussitôt. Il ne me reste qu'à m'en aller. Je bredouille un énième merci – je ne le répéterai jamais assez – et je cours à la porte.

En dévalant les escaliers, j'ai l'impression d'avoir des ailes. Les chaussons d'une étoile... ! J'arrive au rez-de-chaussée.

– Tu les as retrouvés ? interroge Mme Suzette.

– Non. J'en ai pris d'autres dans le coffre.

J'ai l'air de mentir. Pas du tout. Je garde juste mon secret. Le geste d'Éva Miller en est devenu un. Je ne le raconterai à personne. Avec mes secrets, je me sens riche d'un trésor magnifique et inestimable, mais impossible à partager. Parce que, s'ils le connaissaient, les autres m'envieraient, ou – encore pire – ils ne se douteraient même pas de son prix, si ça se trouve !

Quand j'entre dans le vestiaire, Julie annonce de sa voix vinaigrée :

– Ça y est, Cendrillon Fabbri a trouvé des chaussons ! Dis donc, bonjour les horreurs !

Si elle savait... !

Et j'éclate de rire.

4
Ça se détraque !

Que j'ai bien dansé aujourd'hui !

J'avais l'impression de porter ces chaussons enchantés des contes de fées, qui permettent de danser sans fatigue pendant des heures. Maître Torelli m'a félicitée. Je me demande si le talent peut s'attraper, comme ça, d'une façon magique, en portant quelque chose appartenant à une étoile...

J'aimerais bien !

– Tu as l'air toute bizarre, me souffle Victoria.

– Non. Je suis contente. C'est tout.

Avec soin, je range les chaussons dans

mon sac. Je les manipule comme s'ils étaient tissés de soie et d'or.

– Tu les remets pas dans le coffre, ces débris ?

Je hausse les épaules :

– Demain.

On est dans le sanctuaire des Roses. C'est la fin de la journée. Tout le monde se déshabille. Les unes à toute vitesse, comme d'habitude, et les autres traînant un peu. Ce sont les futures figurantes. Elles ont déjà le trac. Mme Suzette a remis à chacune un papier où sont consignés l'heure et le jour du rendez-vous, et c'est...

– Demain ! répète Alice, rose d'énervement.

– Ça fait trois fois que tu nous le dis ! explose Fanny. On finira par le savoir, que tu tournes demain. C'est pas un exploit !

– T'occupe.

Julie susurre entre ses dents :

– Elle est malade que le bel Alex soit engagé sans elle.

– Qu'est-ce que tu dis, toi ?

– Rien. Je répète mon texte.

– Menteuse ! Dans le téléfilm, tu fais

potiche comme les autres. Tu n'as pas un mot à dire.

– Si, même plusieurs : fiche-nous la paix !

L'autre s'étrangle d'indignation.

Un gémissement coupe le sifflet des commères.

– Aïe-aïe-aïe...

C'est Flavie ! Pour changer.

– Mon ampoule ! En ôtant mon chausson, le sparadrap est venu avec... aïe !

– Et alors ? C'est pas mortel !

– Non, mais ça fait maaal...

Mlle Langue-pointue la vise de son regard acéré :

– Encore une veine qu'on ne t'ait pas sélectionnée pour le film, dit-elle, fragile comme tu es, tu risquais de nous faire une allergie aux projecteurs, ou je ne sais pas quoi !

Pan dans le mille ! Flavie fond en larmes, la tête dans les mains.

– Ah ! c'est fin.

– Tu veux qu'elle retombe malade ?

On s'empresse autour de la malheureuse-blessée-au-talon-et-dans-son-orgueil.

– Allez, Flavie...
– Qu'est-ce que tu t'en fiches, du tournage !

Je murmure :
– On sera dans le décor. Personne ne nous verra.

Elle renifle :
– Tu crois ?
– Oui. L'importante, c'est Éva Miller.

Alors là... ! Effet fulgurant ! Un chœur stupéfait répète autour de moi :
– Éva Miller ?
– Qu'est-ce que tu racontes ?
– C'est elle la vedette du téléfilm.
– Et comment tu le sais ? me demande Zita. On ne nous a rien dit.

Je souffle :
– Je le sais. C'est tout.

Nos regards se croisent. Les yeux si noirs de Zita. Avant, ils étaient pleins d'amitié et de confiance. Avant. Je détourne les miens. Je ne supporte pas son regard méfiant. Mais je ne dirai rien.

Tant pis pour elle !

Et tant pis pour moi, aussi. Parce que j'ai une de ces peines...

– Ça alors... ! radote Victoria. Éva Miller...

Vexée de ne pas être, cette fois-ci, celle qui « sait », Julie prend ses airs dédaigneux :

– Bah ! Il y a mieux... comme étoile !

Une décharge d'adrénaline me traverse le cœur ; je m'écrie, indignée :

– Pauvre idiote ! Tu n'y connais rien. C'est une danseuse géniale !

La peste en reste les bras ballants. Elle m'a vue agacée, contrariée, en colère, mais hors de moi... jamais !

– Qu'est-ce qui te prend ? ironise-t-elle. C'est pas une amie à toi, que je sache !

– Si. Parfaitement.

Et je le pense vraiment. Un silence ahuri s'abat sur le vestiaire. Moi, je regrette déjà d'avoir trop parlé. Me mordant les lèvres, je plonge dans mon sac où je fais semblant de farfouiller.

Zita se penche vers moi :

– Pourquoi tu nous racontes des bobards ?

Le choc ! J'en ai le souffle coupé. Mais

je ne me défends pas. Inutile. Si ma Zita ne me croit pas, je n'ai plus rien à ajouter.

Elle hausse les épaules, et me tournant le dos :

– On y va, Alice ? dit-elle.

À l'accueil, c'est la bousculade habituelle de la sortie. Sans un regard pour le bel Alex[1], je repêche Émile dans le groupe des garçons :

– Tu viens ?

Ce soir, j'ai vraiment besoin d'un appui. Du bureau de Mme Camargo résonne l'aboiement étouffé de Coppélia. « Ma » chienne... ! Si j'avais pu la câliner un peu, ça m'aurait consolée, je crois. Mais je ne l'ai pas vue de la journée.

– Elle est en pénitence, m'apprend Émile. Figure-toi qu'elle a mordu un machiniste !

– Ho !

J'éclate de rire. C'est plus fort que moi ! Embusquée derrière le rempart de son

1. Voir *Sur un air de hip-hop*, n° 4.

bureau, Mme Suzette me décoche un coup d'œil aigu. Malgré le brouhaha, elle nous a entendus, et sa voix claque :

— Se moquer des ennuis des autres, ce n'est pas joli-joli, Nina Fabbri !

Là... c'est trop ! Une fois de plus, c'est moi qui prends ! Je craque, c'est-à-dire que je lui lance en pleine figure :

— Occupez-vous de vos oignons !

Et je détale. Sautant par-dessus les câbles qui zigzaguent dans la cour, slalomant entre Vertes, Roses, ou Blanches, je me précipite vers le porche. Je dépasse Zita et Alice sans me retourner. Filer à la maison. M'enfermer. Pleurer. Ça me fera du bien. Mais Émile piaille :

— Tu m'attends ?

Alors, je m'arrête dans la rue devant le groupe électrogène. Dans son ombre, il y a deux ou trois machinistes en train de griller une cigarette, et la silhouette d'un garçon un peu en retrait...

J'ouvre des yeux immenses. Je n'arrive pas à y croire. C'est...

— Mo ! hurle Émile.

Et il lui saute au cou !

5
Chose promise...

– Qu'est-ce que tu fais ici ?
Il sourit :
– Hé ! Ne m'agresse pas !

Je pique un fard. À cause des autres, je suis brusque. Je parie que tout le monde nous regarde. Ça va ragoter ferme... ! Surtout si Victoria, Flavie ou Alex reconnaissent le danseur de hip-hop[1] d'Aubry !

– Bonsoir, Nina ! lancent Zita et Alice, au passage.

En évitant leurs coups d'œil curieux, je marmonne une vague réponse. D'ici

1. Voir *Sur un air de hip-hop*, n° 4.

qu'elles fassent le rapprochement entre cet inconnu, pour elles, et la coupure de presse punaisée sur le tableau de service. Je me sens plutôt gênée. Silence de plomb.

Émile sauve la situation.

– C'est vachement sympa de te voir! gesticule-t-il.

– Ouais. Je suis passé pour vérifier les dates du stage de février...

Je murmure :

– Tu es gentil de nous avoir attendus.

Je me dégèle un peu. Maintenant, j'ai envie de rire. Les horaires du stage...? Comme si Mo ne pouvait pas s'informer par téléphone ! En fait, il est venu pour... moi. Tout spécialement. Voilà. C'est clair. Il est venu de très loin, d'Aubry-sur-Marne. Mais je comprends qu'il ne le dise pas. À sa place, je n'oserais pas non plus.

Émile l'empoigne par le bras :

– Tu viens cinq minutes à la maison ?

– Je vais déranger.

– Ça-va-pas-la-tête ?

Ils contournent le camion. Je les suis. Derrière cet abri, je me sens mieux. Les autres ne nous voient plus. J'insiste :

– Si. Viens.

J'ai mon cadeau à lui donner. Est-ce qu'il s'en souvient ? J'espère ! Mais je ne veux pas en parler devant Émile. Un secret de plus... ! Je vais l'ajouter à mon trésor de secrets dans le coffret imaginaire où je les enferme.

C'est chouette d'avoir de l'imagination et de pouvoir s'inventer des choses ! Quelquefois, elles sont plus belles que les vraies...

– Elle dira rien, ta mère ? demande Mo.

Émile pouffe de rire :

– Tu parles ! Rien du tout. Elle doit même pas être rentrée.

– Alors... bredouille-t-il.

Je lui souris :

– Alors, tu viens avec nous !

Émile sort la grande bouteille de Coca du réfrigérateur ; moi, je m'empare des verres et d'un paquet de biscuits salés. On va au salon.

On s'assoit par terre sur le tapis. Loin des Camargo, je suis plus à l'aise ! Je déverse les biscuits dans une assiette. On y pioche tous les trois en même temps, tout en discutant. Le spectacle d'Aubry – souvenirs, souvenirs. La danse. Le stage. On arrive à l'événement n° 1. Je l'annonce, tout en grignotant :

– Tu sais pas ? On tourne dans un téléfilm, Émile et moi. Ça commence demain.

Il me sourit.

Mo a l'air tellement doux lorsqu'il sourit ! Ça me donne envie de poser la main sur sa joue, comme une caresse. Mais je ne le fais pas, bien sûr, je l'écoute.

– J'ai vu le camion, le matériel, et tout, dit-il, mais je savais pas que tu allais « faire star », Nina...

J'éclate de rire. Je n'en suis pas là ! N'empêche... ! Le réalisateur m'a trouvée « vraiment jolie ». C'est un petit début... peut-être ? Et, brusquement, je me trouve bête... mais bête... ! Comme dirait Mme Suzette, « une hirondelle ne fait pas le printemps... », un compliment n'augure pas d'une carrière non plus !

Redescends sur terre, Nina !

Ta vie, c'est la danse. Pas le ciné ou la télé. Je murmure :
– Je préférerais être une étoile... et toi, Mo ?
– Moi ?
Il boit une gorgée de Coca. Je me demande s'il réfléchit, ou s'il est intimidé. Et il chuchote :
– Je voudrais réussir. Tout. Ma vie, quoi !
– Tu réussiras, Mo, répond Émile avec un aplomb incroyable. Tu verras ça !

Je suis un peu vexée de n'avoir pas trouvé ces mots-là plus vite que lui. Une clef tournant dans la serrure nous fait sursauter en même temps. Mon « petit frère » bondit sur ses pieds :
– Maman, Maman, on a un invité ! C'est Mo, tu sais !

Le nez rougi par le froid du dehors, Garance pénètre dans le salon, un pochon de l'épicerie à la main. Je me lève précipitamment. D'habitude, lorsqu'elle revient du travail, j'ai mis la table et son fils est en train de mariner dans un bain. Ce soir, on a un retard certain sur le programme... !

Mais elle a l'air trop préoccupée pour le remarquer.

— Bonsoir, Mo, dit-elle machinalement.

Elle fait une drôle de tête. Mais ce n'est pas à cause de Mo, j'en suis sûre. Lui paraît dans ses petits souliers. Il se dandine d'un pied sur l'autre.

— Je suis passé chez Camargo pour le stage, se justifie-t-il. Et puis, après...

Garance l'interrompt :

— Tu peux t'inviter chez nous quand tu veux, Mo. Viens déjeuner un de ces dimanches, d'accord ?

À mon avis, c'est une façon gentille de lui signifier que, ce soir, il peut rentrer chez lui. Il hoche la tête.

— O.K. Maintenant, j'y vais...

Je tressaille. Le scarabée bleu. C'est le moment ou jamais ! Tant pis pour le couvert ! J'attrape ma doudoune :

— Je raccompagne Mo au R.E.R... je peux ?

Garance fronce les sourcils :

— Non. Ne va pas si loin.

— Au coin de la rue, alors ?

— Oui. Mais remonte vite.

Émile crie à tue-tête :
– J'y vais aussi !
Je frémis. Le scarabée bleu... devant lui ? Pas question ! Mais sa mère le rembarre :
– Toi, tu restes ici et tu prends ton bain.
Sauvée ! Je m'élance vers la porte, comme si Garance risquait de me rattraper au passage. Mo me suit. Le battant claque. On descend l'escalier sans échanger un mot. Soudain, à l'idée d'offrir mon cadeau, j'ai le trac.

Qu'est-ce qu'il va en penser ? S'il le trouve moche, je crois que ça me rendra vraiment triste. Mais pourquoi le trouverait-il moche... ? Que je suis sotte, parfois ! Pour me donner du courage, je compte :

« Un... deux... trois. Au troisième carreau rouge après l'escalier, je le lui donne. »

Le sol de l'entrée est une espèce de damier bicolore, verdâtre et vermillon. Je compte mentalement : un, deux... et, posant les pieds sur le carreau en question, je m'y arrête.

– Mo...

Mon cœur cogne. Je fouille dans ma poche. Roulé dans du papier de soie, le scarabée bleu attend là. J'ai voulu l'emporter partout avec moi, au cas où...

Et j'ai eu raison ! Mo s'arrête aussi :

– Qu'est-ce qu'il y a ?

– Tu sais... ton cadeau. L'autre jour, au téléphone, je t'ai dit...

Au même moment, la minuterie s'éteint. Et on ne bouge plus. Les ténèbres nous enveloppent si fort que j'ose à peine chuchoter.

– C'est un porte-bonheur. Il vient d'Égypte.

– Super...

Il parle tout bas, lui aussi. Venu du dehors, l'éclat d'un réverbère passe par l'imposte, au-dessus de la porte ; il mouchette de lumière le visage de Mo. Et je vois briller ses yeux.

La gorge serrée, je lui tends mon minuscule paquet. Il le prend.

– Merci beaucoup.

Il fait un pas vers moi. Nos mains se frôlent. Et l'électricité se rallume brusquement. Quelqu'un dévale l'escalier. Vite ! On se dépêche de sortir. On marche jusqu'au coin. Là, Mo dépiaute le scarabée de son emballage.

– C'est trop beau.

Dans sa paume, le scarabée bleu ressemble à une goutte de ciel. Mais, c'est drôle, on ne sait plus quoi se dire.

– Bon, il faut que j'y aille, finit-il par marmonner.

Et on se sépare. Il s'en va à pas lents. Moi aussi. Je suis déçue. Je ne sais pas pourquoi. Si... je sais. Il ne m'a même pas fait une petite bise. Mais j'entends tout à coup :

– Nina !

Je me retourne. Le bras en l'air, le poing serré sur le scarabée, il me crie :

– Je le garderai toujours !

Et il part en courant.

6
Je suis nommée chef

J'arrive à la maison, tout essoufflée. J'ai couru, moi aussi. Pendant qu'Émile patauge dans la baignoire, Garance prépare le dîner. La routine. Chez les Legat, c'est un soir comme les autres. Pourtant, je me sens un peu différente. Un tout petit peu.

« Je le garderai toujours. »

Est-ce que ça signifie que Mo m'aime vraiment bien ?

– Mets vite la table, Nina.

J'obéis mécaniquement, la tête pleine d'images. Je suis très loin de la cuisine. Tout près de lui. Dans le R.E.R. Il ouvre la main pour contempler encore le scarabée. Il pense :

« Nina... »

Enfin... j'espère ! Et, tamponnant un tabouret, je lâche ma poignée de couverts. Ils se répandent sur le carrelage avec un tintement de métal. Garance tressaille. Écarlate, je plonge pour les ramasser. Lorsque je me relève, je croise son regard soucieux. Je bredouille :

– Excuse-moi, j'ai pas fait exprès.

– Je m'en doute ! Mais la question n'est pas là...

Elle revient au fourneau pour y remuer les saucisses qui grésillent dans une poêle, en ajoutant :

– Tu sais, Nina, j'ai un problème...

Je répète bêtement ce mot. Et, aussitôt, des images affreuses défilent dans ma tête. Malade... elle est malade ! C'est ça ! Elle doit entrer à l'hôpital. Échographie, scanner, opération, goutte-à-goutte. Une sarabande de termes barbares envahit la cuisine. Ils entourent Garance. Ils vont l'attraper.

Oh ! non. Pas elle !

Je serre fourchettes et couteaux à pleines mains, comme si je me raccrochais à quelque chose de réel. Elle ajoute sans me regarder :

– Ce n'est pas très grave, mais...

Je l'interromps d'une voix hachée :

– Qu'est-ce que... tu appelles... « pas très grave » ?

On dit toujours cela, au début d'un « problème ». Et puis... Je préfère ne pas penser à la suite. Mes doigts se crispent sur le métal froid. Encore plus fort.

– Un petit souci de boulot, dit Garance.

Je suis tellement soulagée que j'en ai les jambes coupées. Je m'assois sur le tabouret, en laissant échapper un énorme soupir.

– C'est rien, alors !

– Si on veut ! Je dois partir huit jours en province sur un tournage.

Elle se retourne :

– Qu'est-ce que vous allez faire sans moi ?

Alors, j'éclate d'un rire nerveux, énorme, tout proche des larmes ! Elle ne comprend pas pourquoi.

Fax 57 80 478 adressé à :
M. Olivier Fabbri
Hôtel Horus
Le Caire Égypte

Mon petit Papa chéri,

J'ai des milliers de choses à te raconter ! Quand on se reverra, je te parlerai sans m'arrêter pendant au moins deux jours ! Mais, ce soir, j'ai juste le temps de t'annoncer la nouvelle. Tu ne sais pas ? Je suis nommée CHEF. Je parie que tu ouvres des yeux ronds ! Je t'explique.

Figure-toi que Garance était drôlement embêtée. On lui a proposé de travailler sur un tournage en province. Un truc hyperbien payé. Mais elle doit partir huit jours. Et elle n'osait pas accepter pour ne pas nous laisser tout seuls à la maison, Émile et moi. Alors, je lui ai dit :
– Ne t'inquiète pas, vas-y. Je me débrouillerai très bien.

Qu'est-ce que tu en penses ? Je suis sûre que tu es d'accord. J'ai treize ans et deux mois. Tu rigoles ? Mais ça compte, les deux mois ! Je me sens grande, presque vieille. Je crois que j'ai beaucoup changé depuis mon anniversaire[1]*. Tu te souviens ? Je me sens de moins en moins Bichette, et de plus en plus Nina. Est-ce que c'est triste ? Je me demande. En tout cas, me voilà devenue mère de famille ! Ne te fais surtout pas de souci, mon petit Papa. Garance s'est arrangée avec la maman de Zita, qui viendra jeter un coup d'œil de temps en temps. Et puis, Mme Camargo est tout près.*

Au fait, c'est demain... !

Quoi ? Voyons, Papa, MON PREMIER JOUR DE TOURNAGE. *En écrivant ces mots, je commence à avoir le trac. Avec tout ça, je n'y pensais plus...*

M'arrêtant une minute d'écrire, je bâille à me décrocher la mâchoire. Et j'entends la voix de Garance, de l'autre côté de la porte :

– Éteins, Nina, dit-elle en frappant un petit coup au battant. Demain, tu dois te lever plus tôt que d'habitude, et tu ne tiendras pas sur tes jambes.

1. Voir *Nina, graine d'étoile*, n° 1.

– Je finis ma lettre.
– Dépêche-toi, alors.

Je réponds oui-oui, tout en pensant :
« Bientôt, je me coucherai quand je voudrai... quand je serai chef ! »

Et je griffonne à toute allure :

Il faut que je te laisse, mon petit Papa chéri. C'est tard. Je pense très fort à toi. Tu me manques HORRIBLEMENT. Embrasse Odile de ma part.

Mille et mille baisers de ta

Nina-Bichette

Voilà ! Il aura mon courrier dès demain. Garance le lui faxera de son bureau. Je me lève, je m'étire dans tous les sens. Mes cheveux dénoués voltigent. Que ça va être bon de dormir... !

Mais, brusquement, je reprends mon stylo-bille, et je rajoute un post-scriptum à ma lettre :

P.-S. : J'ai donné un scarabée bleu à Mo, tu sais, le danseur de hip-hop.

Je murmure :
– Ça lui a fait vachement plaisir.
Mais, ce détail-là, je n'ai pas envie de l'écrire. Il est pour moi. Juste pour moi.

7
Un beau jour...

Je reprends mon souffle.
Je suis toute droite dans le cercle de lumière, au milieu de la scène. La musique éclate. Je pique de la pointe. Mais... je ne peux pas... je ne peux plus danser !
– Maman !

Mon propre cri me réveille. Mon rêve. Encore lui. Dès que je suis inquiète, triste ou angoissée, il revient. Cette nuit, ce doit être le trac qui m'a apporté ce cadeau.
Demain...
Le tournage !
Et j'entends frapper. Garance ? Qu'est-ce

qu'elle fait là ? Elle m'a dit de me coucher il y a cinq minutes.

— C'est l'heure, Nina, chuchote-t-elle. Il est 6 heures.

Je pousse un petit cri :

— Déjà ?

J'ai encore sommeil, mais ma « marraine-fée » pousse la porte et entre dans ma chambre, chargée d'un plateau. Je souris :

— Tu es drôlement sympa.

— Je sais qu'il n'est pas très marrant de se lever si tôt.

— Mais quand c'est pour faire l'actrice...

Elle rit tout bas :

— ... Ce n'est plus la même chose !

Je ris aussi. Elle pose le plateau sur mes genoux. La théière fume. Le pain grillé emplit la chambre d'une odeur délicieuse. Je bois une gorgée brûlante. J'adore les boissons très chaudes.

— Ça va, Nina ? s'informe Garance. Le trac... ?

— Un peu.

Je baisse les yeux. Elle m'a peut-être entendue appeler Maman... mais pas question de lui parler de mon rêve ! Il m'effraie et, en même temps, il m'appartient. Je n'ai pas envie de le partager.

Quoique...

Il me semble qu'à Mo je pourrais le raconter. Et je me rappelle qu'Éva Miller fait un cauchemar qui ressemble au mien.

Un point commun entre nous. Entre une étoile et moi. Au fond, c'est flatteur !

Garance murmure :

– Bon. Je vais réveiller Mimile.

Je sursaute à sa voix. J'étais tellement loin...

– Ne sois pas si nerveuse, me dit-elle. Tu t'en tireras très bien.

Elle a compris de travers, mais quelle importance ? Une parole encourageante fait toujours du bien. Je lui tends les bras, et on s'embrasse.

Lorsqu'on sort de la maison, Émile et moi, c'est encore la nuit noire. La rue est vide. On marche au milieu de la chaussée. Au-dessus des immeubles brille l'étoile du berger.

– Plutôt l'heure d'aller se coucher, bâille mon petit frère.

Je rigole :

– Réveille-toi ! C'est celle de devenir une star... !

– Écoutez-la ! Tu doutes de rien, Ninoche !

Je lui pince le bras jusqu'au sang :

– Tu ne vois pas que je plaisante, espèce d'idiot ? C'était toi qui...

Il couine.

Un bref coup de klaxon, dans notre dos, nous jette sur le trottoir. Émile oublie ses douleurs.

– Mince ! une limousine... !

La voiture passe au pas, silencieuse, avec un faible feulement.

– Quand je te disais que ça ressemble à une panthère noire ! T'as vu, on l'a pas entendue !

Je ne réponds pas. Derrière les vitres fumées, j'aperçois (oh ! à peine) un visage clair, des cheveux blonds. Éva Miller ! Si elle est convoquée à la même heure que nous, cela signifie-t-il que nous allons tourner avec elle ? Ce serait super ! La voiture arrêtée devant le porche de l'école, l'étoile en descend, emmitouflée dans un immense châle qui ondule sur son manteau. Si on pouvait la rattraper à l'accueil ! Il faut que je lui rende ses chaussons – j'ai retrouvé les miens chez moi... hélas ! –, un bon prétexte pour lui parler !

J'entraîne Mimile par la main.

– Viens vite !

8
... qui commence mal !

Mme Suzette camperait-elle au bureau ? On dirait ! Lorsqu'on entre à l'accueil, elle s'y trouve déjà, environnée d'un parfum de violette. Ma parole ! Elle s'est faite belle ! L'influence du cinéma ? Un peu de rouge lui souligne les lèvres.

– Bonjour, madame Su...

Elle m'interrompt sèchement :

– J'attends des excuses.

Une seconde, je la regarde, ahurie. Des excuses... pourquoi ? Qu'est-ce que je lui ai fait ? Elle me rafraîchit la mémoire :

– Hier soir, tu as été très incorrecte avec moi. D'ailleurs, j'ai averti la directrice.

Je reste pétrifiée. Tout ce barouf parce que je lui ai crié « occupez-vous de... » ! C'était mal élevé. D'accord. Mais il n'y a pas de quoi en attraper la jaunisse.

Dans mon dos, la porte vitrée tinte. Un concert de voix retentit :

– Bonjour, madame Suzette !

Pas besoin de me retourner pour vérifier qui vient d'arriver. Ce sont Alice, Zita, Victoria et Julie-la-Peste. Pour mes excuses, voilà un public de choix !

– Bravo ! Vous êtes à l'heure, les enfants, les félicite-t-elle, la bouche en cœur.

Alice remarque :

– Oh ! qu'est-ce que c'était dur de se réveiller...

– C'est ça, le métier d'acteur, fait une voix grave, une voix d'homme que je reconnais aussitôt.

Je tressaille.

« Elle est vraiment jolie, cette petite. »

C'est lui qui a dit ça ! Et, là, je me retourne. Un grand barbu de l'âge de Papa est campé sur le seuil. Il porte des lunettes rondes, une canadienne et un bonnet enfoncé sur ses cheveux noirs.

— Quand on fait de la télé, on se lève tôt, ajoute-t-il, on a froid ou trop chaud, et on attend indéfiniment. Alors... ça vous dit toujours ?

Émile et les filles répondent :

— Oui, monsieur.

Pourtant, c'est drôle, j'ai l'impression qu'il s'adresse à moi toute seule. Il me regarde. Je lui souris. Un instant, j'oublie Mme Suzette et ses « excuses ». Elle me rappelle à l'ordre.

— Nina Fabbri... j'attends ! D'ailleurs, tes camarades tombent à pic. Tu m'as manqué de respect en leur présence, il est juste que tu t'excuses devant elles !

Exactement ce que je prévoyais. L'humiliation ! M'aplatir sous les yeux de Julie-la-Peste et, surtout, de Zita... ! Je ne peux pas. J'ai une boule dans la gorge. Mes joues flambent. Me faire ça, mon premier jour de tournage... ! Je déteste Mme Suzette. Définitivement. Je regarde par terre.

— Allez, débarrasse-toi de la corvée, me souffle Émile.

Olympienne, Mme Suzette attend, les bras croisés. Alors, je pense très fort à

Maman, à Papa, à Mo. Je respire un bon coup. Et je lance d'une traite :

– Pardon-madame-Suzette-je-ne-recommencerai-plus.

Elle se rengorge :

– Bien.

Mais son sourire satisfait s'efface d'un coup. Parce que le cinéaste éclate d'un grand rire. Mais ce n'est pas de moi qu'il se moque... je le sais ! Et, traversant l'accueil, il se dirige vers l'escalier.

– Où allez-vous, monsieur ? interroge la dame de confiance d'un ton pincé.

– Dans la loge d'Éva Miller... je peux ?

– Certes, certes...

Mme Suzette a l'air d'avoir croqué dans un cornichon particulièrement aigre.

– De quoi se mêle-t-il, ce malotru ? dit-elle entre ses dents.

Julie répond :

– C'est le réalisateur. Il s'appelle Éric Torrès.

Incroyable ! À fureter (presque) rien ne lui échappe. Si, un jour, elle se recycle en agent secret, ça ne m'étonnera pas.

– Salut !

La porte s'ouvre. Entrent Roxane, Bérengère et le bel Alex. L'équipe des figurants est au complet. Mme Suzette retrouve sa superbe, mais elle m'en veut... je parie ! Devant Éric Torrès, elle n'a pas eu le beau rôle...

Ça va être encore ma faute !

9
Le Tutu déchiré

Le réalisateur avait raison : on attend drôlement sur un tournage !

La fille coiffée en jet d'eau, Ursula, qui est l'assistante du metteur en scène, a parqué, vers 7 heures du matin, l'équipe Camargo dans le petit studio Grisi[1] transformé en loge pour la figuration. Et, depuis, on n'a plus de nouvelles ! On a vu le jour se lever, gris brouillé, derrière les vitres. Il doit être 9 heures. Après s'être

---

1. *Carlotta Grisi* (1819-1899), ballerine française d'origine italienne qui créa *Giselle* à l'Opéra de Paris en 1841.

échauffés, on traînasse, assis par terre, ou adossés aux barres – et on se refroidit. Les deux Roses, Roxane et Bérengère, parlent tout bas dans un coin. On entend :

– Il a osé te dire ça ?

– Ouais. Alors... tu sais pas ce que je lui ai répondu... ?

– (....)

Réplique inaudible. Dommage !

– C'est pas vrai !

Elles gloussent. Mais la voix éclatante d'Alice brouille l'émission de ce feuilleton palpitant.

– Si, au moins, on avait des magazines comme chez le dentiste !

Je me dis que, moi, j'aurais dû apporter mes devoirs. J'ai un de ces retards, avec le CNED[1] ! Je n'ai jamais été une élève brillante... et, là, je ne vais pas tarder à boire la tasse. Mais on ne peut pas tout faire dans la vie ! Danser ou étudier, il faut choisir. J'ai choisi. Le bel Alex relève le nez du livre où il est plongé :

---

1. *CNED* : Centre National d'Enseignement à Distance (par correspondance).

– Il fallait prendre de la lecture, comme moi !

– Qu'est-ce qu'il est prévoyant, ce mec ! se gausse Julie.

Il répond, dédaigneux :

– Tais-toi ! Ne m'empêche pas de me cultiver.

Et il reprend le fil de *Madame Bovary*. Mlle Langue-pointue minaude :

– C'est qui, cette Madame Bov... ?

– Une casse-pieds dans ton genre, musaraigne.

Là, elle en reste comme deux ronds de flan.

– Heureusement que j'avais prévu des provisions... ! se félicite Victoria en entamant son troisième Nuts.

Elle a raison. Mon petit déjeuner me paraît très loin ; j'ai l'estomac qui gargouille. Émile fait des dessins sur la buée de la fenêtre. Zita ne dit rien. Moi non plus. Pourtant, cet instant si creux aurait pu être rempli par une conversation entre elle et moi, un début d'explication. Je lui jette des coups d'œil furtifs. Je ne sais pas comment faire le premier pas. Alice écoute tout !

La porte s'ouvre à la volée. Ursula entre à grandes enjambées, son scénario sous le bras.

— Bon... attaque-t-elle.

Et un frisson d'émotion passe sur le groupe. Ça y est ! On va tourner.

— Ça ne tardera plus ! Laissez-moi jeter un coup d'œil sur vos tenues de danse.

Nous ôtons bas de laine, guêtres ou pulls, pour apparaître en justaucorps ; les garçons portent collants blancs et tee-shirts gris. Ursula passe la revue en marmonnant :

— On commence à être pressés...

C'est la meilleure ! Après avoir poireauté des heures, il va falloir piquer un sprint !

— Mais... on ne va pas nous maquiller ? s'étonne Alice.

— Inutile. Vous êtes au fond du décor. On vous verra à peine.

Émile s'écrie :

— Alors, pourquoi on est venus ?

— Pour donner à la scène une atmosphère de studio de danse.

Et, pour ça, ils ont fait un casting, mis

l'école en ébullition, semé la zizanie, et désespéré Flavie...? C'est incroyable! En voyant nos mines dépitées, Ursula ajoute précipitamment :

– Il y a plusieurs plans à tourner. Ne vous inquiétez pas, on vous verra sûrement un peu, par-ci, par-là.

« Par-ci, par-là... » Et Mimile qui s'imaginait déjà au festival de Cannes ! Il a l'air vexé de celui qui vient de perdre au Tacotac. Et Ursula repart. Elle n'a pas lâché son scénario.

– *Le Tutu déchiré*, rêve Zita. Je me demande ce que ça raconte.

Tiens! Elle se décide à ouvrir la bouche. Attrapant la balle au bond, je lui souris :

– Moi aussi, je me demande... Je verrais bien une... euh... une belle histoire d'amour.

Zita hausse les épaules :

– Tu as de ces idées! On s'en fiche, des histoires d'amour!

– C'est la danse qui nous intéresse, renchérit Alice. Pas toi?

Je me sens idiote. Comme si j'avais sorti une énormité. Mais Roxane les toise :

- Qu'est-ce que vous êtes bébés, les Vertes !

Et je me sens un peu vengée.

- Je voulais dire que ça peut être un film policier, se défend mon amie.

Non, Zita. Tu cherchais juste à me contredire, ou à me ridiculiser. Pourquoi ?

Et pourquoi est-ce que je n'arrive pas à lui poser une question aussi simple ?

Je ne sais pas.

10
Zita fait son cinéma

Ça y est ! On y va ! Les doudounes jetées au-dessus de nos justaucorps, on sort de l'accueil et on bifurque dans la cour. Derrière Ursula, Émile fait le clown :
– Suivez le guide !
– Ou plutôt les câbles, rectifie le bel Alex.
Malgré ses grands airs, il est excité comme un pou, j'en suis sûre ! Autant que nous tous. Et pas seulement par le film. Pour la première fois, les Camargo ont le droit de grimper les marches un peu affaissées de l'escalier en plein air, et d'entrer dans l'aile interdite !

Dans le temps, lorsque notre école était encore un hôtel particulier, ce devait être l'entrée principale. Maintenant, les murs sont noircis, et un parfum de vieux champignon nous chatouille les narines. Mais j'aime bien ! Je trouve que ça sent les souvenirs. Des siècles de souvenirs.

Ursula pousse la porte.

– Attention où vous mettez les pieds.

On débouche dans un couloir sombre et tout encombré de matériel, caisses à outils, ou projecteurs inutilisés. Au bout, un des studios est à demi éclairé.

– C'est là que ça se passe.

Mon cœur s'emballe. Qu'on me voie ou pas, je vais tourner. C'est génial ! À la queue leu leu, on suit l'assistante. On passe devant un type installé à une table où trône une espèce de magnétophone. Des écouteurs aux oreilles, il boit un café en attendant, lui aussi.

– C'est l'ingénieur du son, chuchote Ursula, quand on tournera la scène, il va enregistrer les acteurs.

Encore quelques pas et on se trouve au seuil du studio. Le réalisateur gribouille sur son scénario. Il a ôté son bonnet, depuis tout à l'heure ; et je vois que, dans ses cheveux noirs, il y a un peu de gris.

– Éric, je t'amène la figuration.
– Bien.

Il nous regarde à peine. Vaguement déçue, je me dis qu'il m'a déjà oubliée. On reste en troupeau, un peu intimidés, à contempler le décor. Dans sa ceinture de barres, le studio est immense. Une ancienne salle de bal, sans doute.

Aujourd'hui, il n'y a plus de lustres de cristal, mais des projecteurs. Les musiciens en frac noir ont disparu, des machinistes en bleu les ont remplacés ; et, d'une certaine façon, le directeur de la photo est leur chef d'orchestre.

– Il se trouve près de la caméra, me renseigne Émile.

Grâce au métier de sa mère, il en sait long. Mais il n'en dit pas plus, car Ursula s'écrie :

– Allez, au travail, les danseurs !

Trois minutes plus tard, secondée par son assistant, un garçon à peine plus âgé que le bel Alex, elle nous a placés à la barre ou au milieu, dans un faux désordre qui fait « leçon de danse », d'après elle, du moins.

Condamné au grand écart, Émile se vautre déjà par terre. Roxane et Bérengère, les plus grandes de taille, font des développés en bout de barre, tandis que Zita, Victoria et moi, nous ployons en cambré. Alice et Alex sont réunis par un pas de deux fictif.

— Si Fanny-la-Rose voyait ça... susurre Julie.

Pour une fois, elle sourit. Parce qu'elle est la plus petite, Ursula l'a mise en tête de barre... et « elle ne se sent plus », me souffle Victoria.

L'assistante nous donne ses derniers conseils :

— Dès qu'on crie « Moteur », vous commencez vos mouvements, pour que vous ayez l'air vraiment dans le coup et naturels quand M. Torrès dira « Action... ». Surtout, ne regardez pas la caméra ! Il ne faudrait pas que le plan soit raté à cause de vous.

La responsabilité ! J'en ai un coup de

trac, mais tout en se tortillant sur le plancher, Émile riposte :
– T'inquiète ! On est des pros.
Tout le monde rigole. Ursula aussi. Là-dessus, il y a un remue-ménage à la porte et entre...
Éva Miller !
Se débarrassant de son châle, attrapé au vol par sa maquilleuse-habilleuse, elle apparaît en tunique bleu ciel et chaussons à pointes. Je la trouve vraiment magnifique. Encore mieux que les dames en robe à paniers et perruque poudrée qui sont passées ici avant elle ! J'en suis sûre. Son chignon blond est joliment désordonné, une mèche lui retombe sur le front.
– On va tourner le plan aussitôt, annonce Éric Torrès. La lumière est la même que pour le précédent.
Elle répond docilement :
– Bien.
Et elle va se placer au milieu, les deux pieds sur un X en chatterton. Émile chuchote :
– Ça indique l'endroit exact où elle doit se mettre.

Mais personne ne l'écoute. Une jeune fille de quatorze ou quinze ans, en justaucorps noir, a rejoint l'étoile.

– Stéphie Milon, chuchote Bérengère. Je la reconnais. Je l'ai vue jouer dans un feuilleton.

– Elle est drôlement jeune.

– Non, il paraît qu'elle a au moins vingt-six ans.

– Ça se voit pas !

– Mais on voit que c'est pas une vraie danseuse, siffle Julie, ça oui !

Celle-là ! Toujours à chercher la petite bête. N'empêche... ! Elle a le dos rond, Stéphie Milon !

– Et ses pieds, tu as vu ses pieds ?

– Des fers à repasser !

– Faire la danseuse quand on l'est pas...

– Ça se remarque !

– Et c'est pas joli.

Une fille entre deux âges, calepin, crayon et chronomètre à la main, qui tournait autour des actrices, se retourne vers nous :

– Chuut, les gamins !

– La scripte, annonce Émile.

Rechuut ! On se tait. Momentanément.

Éva Miller regarde de notre côté. Et, moi, j'hésite. Est-ce que je dois lui sourire, ou la saluer ? Je n'ose pas trop. Elle va travailler. Il ne faut pas la déranger. J'ai rapporté ses chaussons, bien sûr. Je n'ai pas osé les mettre. Ils sont au studio Grisi, dans mon sac. J'aurais peut-être dû les lui monter ici ? Je suis embêtée. D'ici qu'elle s'imagine que je veux les garder. En fait, j'aimerais bien !

Toutes ces idées me traversent l'esprit à cent à l'heure.

Mais Zita se penche vers moi. Elle se dégèle. Enfin ! Je lui souris.

– La voilà, ta « grande copine... » murmure-t-elle avec ironie. Tu ne lui dis pas bonjour ?

Je reste saisie. Une pique à la Julie. Oh ! non ! Pas Zita ! Trop meurtrie pour me défendre, je baisse les yeux. Je vais pleurer. En public.

11
Éva Miller

– S'il vous plaît...
La voix d'Ursula retentit :
– Silence ! On répète. Avec la lumière.
Les projecteurs s'éclairent d'un coup, éblouissants.
– Les danseurs, bougez comme prévu !
On va tourner... bientôt ! J'en oublie mon envie de pleurer. La maquilleuse d'Éva Miller, une bombe d'eau minérale à la main, s'élance vers elle et lui vaporise les tempes, pour donner l'illusion de la transpiration, sans doute. Après elle, Éric Torrès se précipite et murmure quelques

mots rapides aux deux actrices, puis il recule précipitamment :

– Partez !

Tout en faisant mon cambré, je ne peux pas m'empêcher de regarder Éva Miller.

– La danse, c'est cela... dit-elle à Stéphie Milon.

Et elle lève les bras en couronne. Que c'est beau ! Un geste simple – qui paraît simple. Fait par une étoile, il renferme tout : la grâce et la poésie.

– À toi, petite.

Stéphie Milon l'imite. Aïe-aïe-aïe ! Elle s'applique, mais ses coudes sont en équerre. Une horreur ! Pire : une caricature. Éric Torrès regarde dans l'objectif.

– Arrondis, Stéphie, arrondis les bras !

Elle essaie. Le résultat est nul. Avoir de jolis bras, à la fois souples et « tenus », ne s'apprend pas en cinq minutes.

– Ça ne va pas ! s'écrie-t-il.

Elle riposte :

– Je fais ce que je peux. Je suis comédienne. Pas danseuse.

Dans ce cas, pourquoi l'a-t-on engagée ? S'arrêtant de bouger pour rien, les Camargo se lancent des regards pleins de sous-entendus. La question se pose. Le réalisateur y répond sans le vouloir :

– Tu « danses » juste dans ce petit plan, Stéphie. On ne va pas se gâcher la vie avec ça ! Essaie de faire un effort. Allez, lève les bras...

La pauvre ! On dirait qu'elle joue au volley-ball. L'étoile soupire. Il y a de quoi. Mais Éric Torrès a une idée :

– Montre-lui, Éva, dit-il.

Celle-ci paraît agacée :

– Je veux bien, mais on ne rattrape pas dix ans de danse en trois minutes. Même pas en y passant la journée, d'ailleurs...

Elle ajoute :

– Si tu veux mon avis, Éric, on perd notre temps !

Stéphie Milon lui jette un regard noir.

– Je n'ai rien contre toi, ma chérie, s'empresse de préciser Éva, mais il faut reconnaître que la danse classique n'est pas ton truc.

Et elle s'écrie :

– Tu ne peux pas « sucrer » ce plan, Éric ?

- Ça m'embête. Le moment est important : c'est quand la grande étoile passe le flambeau à la débutante.
- O.K. Mais si on tourne tel quel, ta « débutante » va tout flanquer par terre. L'histoire sonnera faux. Personne n'y croira. On voit bien qu'elle est incapable de danser.

Stéphie Milon chevrote :
- Je finirai par le savoir.

Une fille armée d'une houppette cingle vers elle.
- Ne pleure pas, ma poule, la supplie-t-elle ! Tu vas esquinter ton maquillage !

L'actrice renifle un bon coup et l'autre, compatissante, l'environne d'un nuage de poudre. Pendant ce temps, le réalisateur a attrapé son scénario posé sur un siège. Il le feuillette.
- On pourrait peut-être... Hé ! Michel, à ton avis...

Le directeur de la photo le rejoint. Ils se penchent ensemble sur les pages. Ursula s'y met aussi. Un silence de mort plane sur le studio. Moi, j'ai l'impression d'être au théâtre. C'est marrant, un tournage, je trouve !

Mais Éva Miller ne doit pas être de mon avis ; maintenant, elle a l'air franchement énervée. Je la comprends. En la montrant de travers, ils nous abîment la danse, tous ces idiots qui n'y connaissent rien ! L'étoile regarde machinalement de notre côté. Elle m'aperçoit et me sourit. Chouette ! Elle m'a reconnue. Je lui souris aussi. Tout à coup, elle me fait signe :

– Viens... !

Alors là... ! Comme réponse à Zita... ! Je ne pouvais pas espérer mieux. En franchissant les quelques pas qui me séparent de la danseuse, j'effleure le petit cœur que je porte au cou. Dans les moments difficiles, Maman m'aide. Je le sais. La preuve.

Éva Miller m'accueille en me faisant la bise :

– Ça va bien depuis hier ?

– Oui, madame.

– Par pitié, ne me dis pas « madame », proteste-t-elle. D'abord, je déteste ça, ensuite, à l'Opéra de Paris, les danseuses gardent le titre de « mademoiselle » toute leur vie.

Elle me prend par les épaules.

– Appelle-moi Éva.
Je bredouille :
– J'ai rapporté vos chaussons... mad... euh... Éva.
– Mes chaussons... ? Ah oui ! Mes chaussons ! Je n'y pensais plus... ! Oublie-les, va, ou plutôt, garde-les... si ça te fait plaisir. Il y a d'autres problèmes plus importants que ces vieilles savates !

Étranglée par l'émotion, je reste muette. Soudain, j'ai l'impression d'être emportée comme une feuille morte par quelque chose que je ne maîtrise pas, une sorte de bourrasque.

L'étoile interpelle le réalisateur :
– Éric ! J'ai une idée. Regarde... !
Et elle me souffle :
– Mets les bras en couronne.
J'obéis. Mon cœur bat jusqu'au bout de mes doigts. Pourvu que mes mains ne tremblent pas ! Je garde la position, et le sourire !
– Voilà ! s'écrie Éva Miller. Tu as vu, Éric ? Voilà des bras « justes » !
– O.K., mais en quoi ça nous avance ?

Cette petite ne va pas faire le rôle de Stéphie, que je sache.

Cette dernière s'insurge :

– Ce serait la meilleure ! J'appelle mon agent[1], si ça continue... !

– Du calme, l'apaise Éric Torrès.

Il s'approche de nous :

– Où veux-tu en venir, Éva ?

– C'est très simple.

---

1. *Agent artistique* : défend les intérêts de l'artiste qu'il a sous contrat, et lui trouve des engagements.

12
Sous les sunlights

C'était bien une bourrasque !

J'ai l'impression d'être secouée dans tous les sens entre l'ébahissement, la joie et le trac !

En trois phrases vibrantes, l'étoile a exposé son idée. Après avoir dit la réplique prévue à Stéphie : « La danse, c'est cela... », elle se détourne et, au lieu de lui demander d'imiter son geste, elle montre une autre danseuse à la barre ou au milieu :

« Voilà ce qu'il faut faire... »

Et cette danseuse, c'est moi.

– Je ne vois pas d'autre façon de s'en sortir, insiste Éva Miller.

Éric Torrès hoche la tête :

– Tu n'as pas tort.

Il me regarde fixement :

– Alors, il faut farder Nina parce que, là, on la verra bien.

« En plus, il s'est souvenu de mon nom... »

Que je suis contente... ! En revanche, Stéphie Milon fait la tête. Quant aux Camargo... je n'ose pas regarder de leur côté !

– Vanessa ! appelle-t-il. Maquille-moi vite cette petite. Pendant ce temps, je vais voir avec Michel comment modifier le plan...

Il prend la main d'Éva Miller :

– Tu es géniale, mon étoile.

– En doutais-tu, Éric ?

Après ces mots lancés comme au théâtre, elle annonce plus platement :

– Bon. En attendant, je retourne dans ma loge.

Sa maquilleuse-habilleuse personnelle se précipite et lui tend son châle, tandis qu'Ursula s'empresse :

– Voulez-vous qu'on vous fasse monter un thé, Éva ?

– Non merci, pas avant de tourner, ça risquerait de me jaunir les dents.

C'est bien, d'être vedette... ! Tout le monde est aux petits soins. Éva Miller se drape dans son châle d'un geste de sylphide[1], cet être immatériel qui vit au fond des forêts... une espèce de fée, quoi ! Même en exécutant un mouvement banal, elle reste poétique. Est-ce que je serai comme ça, moi, un jour ?

Mais le chef électricien braille à ses hommes :

– On soulage.

Et tous les projecteurs s'éteignent d'un coup. Vanessa, la fille à la houppette, m'entraîne vers la sortie :

– Viens, ma poule.

Qu'est-ce qu'il me prend ? Je n'en sais rien. En tout cas, je me retourne vers le

1. *La Sylphide* : ballet créé par Philippe Taglioni pour sa fille Marie, à l'Opéra de Paris en 1832, sur une musique de J. M. Schneitzhoeffer. Sa chorégraphie a été reprise par Pierre Lacotte en 1972.

groupe Camargo, comme si je cherchais un encouragement. Mais je suis tellement chamboulée que j'ai maintenant l'impression qu'ils sont peints sur un mur. Ils ont perdu toute réalité ; sauf Émile, qui a un sourire jusqu'aux oreilles, et Zita...

Elle est blanche comme une feuille de papier.

Vanessa pousse la porte d'un petit vestiaire. Il fait froid et une odeur de vieux chausson y traîne. D'ailleurs, une paire oubliée attend, ratatinée dans un coin. La maquilleuse appuie sur l'interrupteur, et, posé sur une table pliante, un miroir semblable à celui d'Éva Miller – chez les Vertes – rayonne de toutes ses ampoules. Un fauteuil lui fait face.

– Vite ! Assieds-toi...

La maquilleuse me pousse sur le siège. Puis elle commence à officier. À petits coups d'éponge, elle m'applique du fond de teint.

– Pas le temps de raffiner, soliloquet-elle. On est hyperpressés. D'ailleurs... tu es assez jolie comme ça ! Regarde en l'air... c'est pour le dessous des yeux... voilà... On t'a déjà dit que tu avais un visage de biche... ?

Je ne réponds pas. Je n'ai pas envie de lui révéler que Maman m'appelait Bichette. Ce n'est pas un secret. Mais c'est tout de même un petit truc rien qu'à moi... et à nous, les Fabbri.

– Bon. Un peu de rimmel. Avec des yeux aussi noirs, ça suffira...

Elle rit :

– Attention, je poudre !

De sa houppette, elle me tapote les joues, le nez, le front. J'ai hâte de voir ma tête ! Je suis habituée à me maquiller pour les spectacles... mais, aujourd'hui, ce sera peut-être mieux fait... ! À grands coups de pinceau, elle ôte l'excès de poudre.

– Un peu de brillant à lèvres, et le tour est joué ! Ça y est, tu es prête, Nina.

Je lui souris. Je suis flattée (*bis*) qu'elle se rappelle mon nom.

– Merci beaucoup.

Et je jette un coup d'œil à la glace.

– Oh !
– Quoi ? Tu es déçue ?
– Je n'ai pas l'air maquillée.
Vanessa rit de plus belle :
– Ça veut dire que c'est réussi. C'est ça, l'art du maquillage. Au cinéma, en tout cas. On voit l'acteur de tout près. Pour un ballet, c'est différent, bien sûr. Les danseurs sont vus de loin.
Elle plaisante :
– Mais cesse de te contempler dans la glace, tu finiras par tomber au fond !
On rigole. Ils sont sympas, tous ces gens, je trouve.
– Allez, viens, me dit-elle, on t'attend sur le plateau.

À cause de Zita, j'avais un peu peur de rejoindre les Camargo, ils ne sont plus là. Stéphie Milon a disparu aussi. Je me sens bêtement soulagée. Mais Éva Miller n'est pas remontée, et ça, c'est dommage !
Éric Torrès s'avance vers moi :
– Prête, Nina ?

J'acquiesce du menton. Tout à coup, impossible de parler. Le trac. Il me fourmille dans les jambes, frappe contre mon cœur, et me poisse les paumes. Si jamais il m'empêchait de danser...? Oh! non! J'en mourrais!

Le réalisateur me sourit.

– Ne t'inquiète pas, tout ira bien.

Puisqu'il le dit...! Et il m'explique comment les choses vont se dérouler. Finalement, ils vont me filmer seule, pour faire des tas de prises, et garder les meilleures. Ils « rabouteront » après avec la scène d'Éva. J'arrive à murmurer :

– Alors... je ne tournerai pas avec elle, aujourd'hui ?

– Non. Nous avons changé le plan de travail.

Je balbutie :

– Et demain ?

– On verra. On va essayer de boucler tous les plans avec toi aujourd'hui.

La déception ! Si ça se trouve, je ne reverrai jamais Éva Miller.

– Et les autres Camargo ?

– On les a libérés. Ils tourneront plus tard.

Mes oreilles vont siffler ! Dans le studio Grisi, ça doit ragoter ferme à mon sujet, même si je n'y peux rien, moi, si on me remarque ! D'ailleurs, je n'ai pas le temps de couper les cheveux en quatre. Je dois me chauffer avant de tourner. Et je vais à la barre. Dès que je touche le bois familier, je me sens mieux. Mon trac s'affaiblit un peu. Pliés dans toutes les positions, quelques battements cloche, un cambré... et Ursula m'interrompt :

– Viens au milieu, Nina. Il faut qu'on vérifie si la lumière convient pour tes plans.

Elle me place. Tous les projecteurs s'éclairent en même temps, aveuglants. Les yeux mi-clos, j'ai l'impression d'être un oiseau prisonnier d'une cage de rayons. Une cage magnifique dont je vais m'échapper, grâce à la danse. Au-delà, la caméra me guette. Elle ressemble à un monstre trapu à trois pieds, une espèce de cyclope. L'assistant opérateur la fait pivoter, et son œil rond se darde sur moi. Impressionnant.

Je dois plaire à ce monstre-là.
Est-ce que j'y arriverai ?
– Vas-y, Nina, qu'on voie ce que ça donne ! Fais quelques mouvements, ça suffira.
Je réponds :
– Non. Je préfère danser.
Et je danse.
Il n'y a pas de musique sur le plateau. Mais j'en ai plein la tête, les bras, les mains, les jambes. En glissant sur ma peau, le cœur d'or l'accompagne, ma musique à moi.
Je danse.

Maintenant, c'est pour de bon.
Silence ! Moteur ! Ça tourne...
Action !
Les drôles de mots. Comme le langage d'un autre pays. Auquel je réponds en dansant. C'est mon langage, à moi...

.

13
... Et quand ils s'éteignent !

J'ai dansé, et redansé. Jusqu'à ce qu'Éric Torrès dise :
– J'ai tout ce qu'il me faut dans la boîte.
Et tous les projecteurs se sont éteints en même temps. Le réalisateur a ajouté en s'approchant de moi :
– Tu as été parfaite, Nina. Les plans tournés avec toi vont m'être très utiles... peut-être même m'en servirai-je pour le générique. Tu y apparaîtras comme l'image de la danse. Ça te fait plaisir... ?
Je balbutie :
– Oui-i.
En fait, je ne vois pas très bien ce que

ça peut donner. Mais j'attendrai la sortie du téléfilm pour juger. Et je demande :
— Demain, je reviens quand même ?
Il me sourit.
— Écoute... je ne crois pas.
J'ai l'impression de recevoir un coup dans l'estomac. Je n'y comprends plus rien. Il disait que j'étais bien, et ce n'était peut-être pas vrai ? Je dois avoir l'air déroutée, il s'explique :
— Oui, tu étais prévue au départ, c'est vrai, mais ton rôle a changé. Maintenant que tu vas représenter la danse classique, il vaut mieux qu'on ne te voie pas, après, mêlée à un groupe de figurants ordinaires. Cela abîmerait ton image.
Je bredouille :
— C'est vous qui savez.
Un terrible regret me vrille l'estomac. Une autre journée de tournage, ça m'aurait plu ! Enfermée dans cette cage de lumière, je me suis sentie tellement bien, comme si je vivais d'une autre façon. Je dis :
— Bon. J'ai fini... alors ?
— Oui.
Il me sourit encore. Avec affection, je

trouve. Ça me donne envie de pleurer. Parce qu'il ressemble un peu à mon père... enfin, pas vraiment... mais ils ont sûrement le même âge, et c'est comme une ressemblance ! Et, soudain, Papa me manque terriblement. Je pense que j'aimerais rentrer chez moi, maintenant, et l'y trouver. Je lui raconterais avec tous les détails cette journée exceptionnelle. Il m'écouterait, il me dirait : Bichette, il t'en arrive, des choses ! Mais là, je me sens frustrée à l'avance. Se confier par lettre, ce n'est pas pareil, au téléphone, non plus.

– Tu as l'air fatiguée, remarque le réalisateur. Va vite te reposer !

J'ai presque l'impression qu'il me met à la porte. J'ai été très heureuse, aujourd'hui, et c'est terminé. Il faut que je m'y fasse. Mais que je me sens seule, tout à coup ! Je sors du pays imaginaire pour redescendre dans la réalité. L'atterrissage est rude... ! Et l'être que j'aime le plus au monde n'est pas là pour me rattraper au vol, et me serrer dans ses bras.

En me forçant à sourire, je dis au revoir à Éric Torrès, à Ursula, Vanessa, et, de loin, à l'équipe. Je m'en vais. Derrière moi, le brouhaha continue. On a filmé Nina Fabbri. Maintenant, on passe à autre chose.

C'est la vie !

Un peu bizarre, non ?

Le studio Grisi est vide, mon sac oublié dans un coin. Je l'ouvre vite pour regarder... les chaussons de l'étoile ! Mes chaussons. Ça me remonte le moral. En fait, j'ai une de ces veines ! Éva Miller m'a fait un cadeau magnifique. Un porte-bonheur de plus. Un talisman. Et s'il n'y avait que ça... ! Par son attitude envers moi, elle a prouvé à Zita que je ne disais pas de « bobards », et elle m'a sortie du lot, mise en évidence. Je lui dois beaucoup. Même si j'avais déjà été remarquée par Éric Torrès.

« Elle est vraiment jolie, cette petite. »

Je garde son compliment comme un cadeau supplémentaire. Je le range dans ma boîte à secrets. Et je quitte l'école Camargo. Il fait déjà nuit. Comme ce matin quand on est partis au tournage, Émile et moi. Ça me fait drôle. La lumière éblouissante de cette journée me semble enfermée entre des parenthèses noires.

Je rentre à la maison à pas lents : j'ai des souvenirs plein les bras.

J'entre. L'appartement est plongé dans l'obscurité.
— Mimile... Garance... !
Ma voix rebondit dans le silence de l'entrée. Sans écho. Ils sont sortis. J'allume la lampe et j'aperçois un post-it jaune collé sur la porte de la cuisine.

On est partis au Franprix pour faire un marché avant mon départ. Bisous.

G.

Bon. En les attendant, je n'ai plus qu'à mettre la table du dîner. Mais, d'abord, je pose sac et doudoune dans ma chambre, et je vais me laver les mains. Tout en les passant sous le robinet, je me penche vers la glace du lavabo. Je scrute mon visage de plus près. Mon visage d'actrice.

Nina Fabbri, la star.

J'éclate de rire. Ça ne fait pas vrai. Pas du tout. Ça ne signifie que du rêve, star. Tandis que...

Nina Fabbri, l'étoile.

Ça veut dire quelque chose ! Pour moi, en tout cas. Dans ce mot scintillant, il y a aussi l'effort, la transpiration, la douleur des muscles et, par-dessus tout, le bonheur de danser. Mieux que les autres.

Voilà à quoi tu dois arriver. N'oublie pas, Nina. C'est ton seul but.

Quand même[1] !

Driing ! La sonnerie du téléphone me fait sauter au plafond. Je ferme vite le robinet. Driing ! Je m'essuie les mains au passage, sur le peignoir d'Émile. Driing ! Et je cours décrocher.

— Allô !
— Nina ? C'est Mo.

Le choc ! Je murmure :

---

1. *Quand même !* : devise de Nina. Voir *Nina, graine d'étoile*, n° 1.

– Salut.

Qu'est-ce que je suis contente ! Mais je me sens très intimidée, soudain. Pourquoi ? C'est idiot. Il y a des tas de choses entre nous. Je devrais être à l'aise. Eh bien... non ! Je bredouille :

– Ça va ?

Est-ce qu'il est intimidé, lui aussi ? Il débite comme un robot :

– Ouais. Je suis à Paris dimanche. On peut se voir ?

Je réponds d'un ton uni.

– Si tu veux.

Mais j'ai envie de crier : Chouette ! Dimanche, c'est après-demain ! Me souvenant que Garance lui a permis de revenir à la maison, j'ajoute précipitamment :

– Viens déjeuner chez nous.

– D'accord. À midi et demi... ?

– À midi et demi.

Il y a un silence. J'ai peur que Mo ne raccroche, comme ça, sans un mot de plus, mais il me dit :

– Tu sais... il est vraiment super, le scarabée !

Et c'est comme un sésame, la phrase

109

magique qui permet d'ouvrir une porte fermée à double tour. Je me sens mieux. Je ris. Je m'écrie :

— J'ai plein de trucs à te raconter !

En plus, sans le vouloir, Mo vient de me donner une idée géniale. Le troisième scarabée bleu... je sais à qui je vais l'offrir ! À quelqu'un qui m'a rendu un... deux... trois... énormes services !

À cet instant, on sonne. Je chuchote à Mo :

— Je vais ouvrir. Je te laisse. À dimanche, hein ?

Et nous raccrochons. Je me précipite à la porte, qui bâille sur Garance, les bras alourdis par des sacs plastique.

— Excuse-moi, je n'arrivais pas à sortir ma clef.

— Je t'en prie.

Elle est tout essoufflée.

— Figure-toi que la production m'a demandé d'arriver deux jours plus tôt, halète-t-elle. Je pars demain.

— Oh !

Émile la suit, aussi chargé qu'un âne. Je lui donne un coup de main.

— J'ai pensé à tes amandes, Ninoche.
— Tu es sympa.

J'adore les fruits secs. En plus, c'est bon pour l'énergie. On pose les paquets par terre, dans la cuisine. Quel déballage ! Un vrai souk.

Émile rigole :
— Quand Maman sera partie, on ne mourra pas de faim, c'est déjà ça !

Je prends Garance par l'épaule :
— Il ne fallait pas te déranger, on aurait pu faire les courses au jour le jour, avec Mimile.

— Non, je préfère que vous ayez des provisions d'avance, j'aurai l'esprit plus tranquille.

Elle me sourit.
— Comme tes yeux brillent, Nina ! dit-elle.

Je réponds :
— À cause du tournage... sans doute. C'était super.

Et je rougis jusqu'aux oreilles.

14
Une vraie cassure

Je me réveille, et je pense aussitôt : On est dimanche. Enfin ! Pour arriver à ce dimanche, j'ai encore dû supporter le samedi chez Camargo... qui n'a pas été marrant-marrant.

Les Vertes ont du mal à encaisser que j'aie été choisie pour « incarner l'image de la danse ». Et je les comprends. Chacune doit penser que « l'image de la danse », c'est elle. Nous sommes toutes pareilles. On fait toutes ce métier pour être remarquées. Alors, quand c'est une autre qui attire les regards... !

Je ne leur en veux pas. Sauf à Zita. Parce que je la préfère. Lorsqu'on préfère quelqu'un, on lui en demande plus, il me semble. Et il nous fait plus de chagrin, aussi.

Julie-la-Peste a maugréé :
– Comme elle dit, ma mère, pas difficile de réussir quand on a des « amis bien placés ».

J'ai fait la sourde. Je m'en fiche, de sa langue pointue ! Mais l'idée que Zita partage son avis me démoralise vraiment. Maintenant, tout le monde croit que je connaissais Éva Miller d'avant, et qu'elle m'a pistonnée pour cette raison ! Mais je ne discuterai pas, je ne m'expliquerai pas. Pourquoi est-ce que je me défendrais ? Je ne suis pas coupable.

En plus...

J'aimerais bien que ce soit vrai, et qu'Éva Miller soit une amie. Ou une espèce de « petite mère », comme ils ont à l'Opéra de Paris[1]. J'ai gardé ses chaussons. En

---

1. *À l'Opéra,* les petits rats ont chacun, parmi les danseurs plus âgés, une « petite mère » ou un « petit père » qui les conseillent et veillent à leurs progrès.

échange, je vais lui offrir le troisième scarabée. Elle le mérite.

Bien au chaud sous la couette, je remue toutes ces idées. Surtout la première : On est dimanche ! Je regarde le réveil : 8 h 30. Dans quatre heures exactement, à midi et demi, Mo sonnera à la porte.

Et je bondis hors du lit.

J'ai juste le temps ! Le dimanche, je me lave les cheveux. C'est long. En plus, aujourd'hui, je dois préparer le déjeuner. C'est long. Mettre de l'ordre. Encore plus long. Et je beugle :

– Émile ! Debout ! Il faut que tu m'aides !

Les cheveux entortillés dans une serviette, genre turban de maharadjah, je prends le petit déjeuner avec Mimile. La journée commence bien. Il s'est levé sans rechigner. Pendant que je faisais mon shampooing, il a préparé thé et tartines. Il est drôlement sympa, mon petit frère ! Je lui souris, et je lâche :

— Tu sais pas... ? J'ai invité Mo.

Il en reste baba, puis faisant son saut de kangourou habituel :

— Génial ! hurle-t-il.

Mon problème est que j'ai « oublié » de le préciser à Garance avant son départ. J'avais trop peur qu'elle dise non. Et comme je suis un peu embêtée, je marmonne :

— Si ta maman appelle, on lui dira.

Très loin, au bout du fil, elle ne risque plus de refuser. Mais ç'aurait été peut-être plus correct de lui en parler avant... ?

Tant pis ! Maintenant, il est trop tard. La sonnerie du téléphone interrompt mes problèmes de conscience.

— Tiens ! Je te parie que c'est elle ! s'écrie Émile en se levant.

— Ou Papa... ?

Qu'est-ce que j'aimerais... ! Mais... au fait... si c'était Mo... ? Il a eu un empêchement. Il ne vient pas. Oh ! non ! Émile décroche. Suspense. Mon cœur est une grosse caisse.

– Pour toi ! glapit-il. Zita.

Ça alors ! Je vais répondre. Entre ma gorge et mon estomac, quelque chose se crispe, se resserre – je ne sais pas trop quoi.

D'un ton crispé, je marmonne :

– Bonjour.

Et elle me sort d'une traite :

– Maman-demande-si-tu-veux-venir-déjeuner-aujourd'hui.

Donc, elle obéit à sa mère. Donc, elle m'appelle parce qu'elle ne peut pas faire autrement. Donc, elle se fiche de me voir ou pas. Elle est aux ordres. Ça tombe bien :

– Je ne peux pas, dis-je.

Là, je lui en bouche un coin – selon l'expression de Mme Suzette. Il y a un blanc. D'ici, je vois la bouche en O de Zita. Mais sa question claque soudain :

– Pourquoi ?

– Je suis déjà prise.

– Où ça ?

Quel toupet ! Elle me fait la tête, me lance des vacheries, me soupçonne de mentir, et je devrais lui raconter ma vie ?

Je dis d'un ton vague :

— Tu ne connais pas. Ce sont... euh... des amis des Legat.

Au silence électrique qui me répond, je comprends que, sans le vouloir, j'ai remis Zita à sa place. Visiblement, elle a du mal à digérer que j'aie de mystérieux « amis ». Comme si Éva Miller ne suffisait pas, doit-elle penser. Mais, au lieu de m'asticoter pour en savoir plus, elle se drape dans son orgueil :

— Bon. Tant pis... pour toi.

Embarrassée – malgré tout – je balbutie :

— À une autre fois.

— On verra, riposte-t-elle d'un ton sec.

— Embrasse bien fort ta ma...

Clic ! Elle m'a raccroché au nez. Je murmure :

— Pauvre idiote...

Mais j'ai les larmes aux yeux. Tête basse, je me rassois à table. Je n'ai plus faim, ni soif. Juste de la peine.

— Hé, me secoue Émile, si on préparait des spaghettis bolognaises pour Mo ?

Mo. C'est vrai ! À cause de Zita, une seconde, je l'avais oublié. Mo va venir. Il va me consoler. Une fois de plus. Non. De penser à lui, je suis déjà consolée. Je souris à Mimile :

– Super ! je te parie qu'il les adore, les spaghettis bolognaises !

15
Un dimanche pas comme les autres

Midi et quart.
Tout est prêt. On a mis le couvert sur la table du salon. Pour recevoir un invité, je trouve que c'est mieux, ça donne un petit air de fête ; en plus, après la confection du déjeuner, la cuisine fait un peu « paysage après l'ouragan » ! Quel boulot, de recevoir ! Si ce n'était pas pour Mo, je n'aimerais pas du tout.

Et je jette un dernier coup d'œil. Les serviettes en papier rose fuchsia font très joli sur les assiettes à fleurettes bleues. Malheureusement, les verres sont ceux à moutarde qu'on utilise tous les jours. Émile n'a pas osé sortir les beaux que Garance garde dans un placard. Si jamais on en casse un... !

Il a un air affairé :

– Je mettrai les spaghettis dans l'eau au dernier moment, dit-il. Trois paquets, ça suffira ?

– C'est pas trop ?

– Dis donc, un danseur de hip-hop, ça a besoin d'énergie.

Je hoche la tête :

– C'est vrai. Mais, à mon avis, deux, ça suffira.

– Parfait.

Émile se frotte les paumes :

– La sauce chauffera tout doucement au bain-marie, comme c'est marqué sur le mode d'emploi, pendant qu'on mangera l'entrée, d'accord ?

Je pouffe de rire :

– Tu as l'air d'un cuisinier professionnel comme ceux qu'on voit à la télé !

Et je me mets à chanter :

– Émile Legat, le danseur-cuistot-o-o-o-o !

Qu'est-ce que je suis énervée ! Les dernières minutes sont les pires. J'ai hâte que Mo arrive et, en même temps, j'ai un peu le trac. Enfin... je ne sais pas si c'est vraiment le trac, mais ça lui ressemble. Mon cœur bat fort, mais fort ! J'ai les jambes en coton, un peu trop chaud, aussi.

Ma voix s'éraille :

– ... le danseur-cuistot-o-o-o-o !

Émile vocifère :

– Tu arrêtes, crétine, ou je raconte à Mo que tu as passé deux heures dans la salle de bains à te pomponner !

Driiing !

J'en ai le souffle coupé. La sonnette de l'entrée. C'est lui. Il est là, derrière la porte. Je reste pétrifiée, mais Émile a déjà ouvert.

C'est bien lui.

– Salut.

Je réponds à mi-voix :

– Salut, Mo.

Il me sourit. Ses yeux sont les plus noirs du monde, je crois.

– Ça va, Nina ?
– Oui. Et toi ?
– Super.

Dans une main, il tient une plante en pot, sous son papier cristal, et un petit paquet de l'autre. Des cadeaux. C'est drôlement gentil !

— Et à moi, alors, tu demandes pas si ça va ? braille Émile.

Mo rigole. Et il entre dans l'appartement. En claquant le battant, j'ai l'impression qu'il se referme sur quelque chose d'extraordinaire : un dimanche pas comme les autres. Mo me tend la plante.

— C'est pour toi, Nina.

Je souris, mais je me sens encore un peu intimidée.

— Merci, Mo.

Et j'ôte le papier :

— Elle est trop jolie... !

Sorties de l'emballage, ses branches ténues se détendent un peu ; ses feuilles sont fines, pointues et légères, de petites étoiles les piquettent de blanc ; un parfum prenant et délicat s'en échappe.

Un parfum que je reconnais aussitôt.

— Du jasmin...

Celui de ma maman. Je regarde Mo avec étonnement. Sans le savoir, il m'a apporté la seule plante qui pouvait me toucher vraiment.

Je ferme à moitié les paupières pour la respirer :

— Que ça sent bon... !

Et j'ai envie de pleurer, mais pas parce que j'ai de la peine.

On passe dans le salon.

— Elle est là, ta mère ? chuchote Mo à Émile.

— Non.

Il lui raconte en long et en large l'absence momentanée de Garance et, tout à coup, ça me fait un peu drôle qu'on soit seuls tous les trois, ici, comme des grands.

— J'ai apporté ça pour elle, dit Mo.

Il donne le petit paquet à Émile, qui jubile.

— Dis donc, c'est la fête !

Mo sourit :

— Pour moi... oui.

Je m'écrie :

— Moi aussi, qu'est-ce que tu crois ?

Et, rougissant brusquement, je pose la plante sur la table, tandis que, d'un geste impatient, Émile arrache le bolduc qui entortille l'autre cadeau.

Il soulève le couvercle d'une boîte en carton. Couleur de miel, des petits gâteaux en forme de croissant sont serrés les uns contre les autres.

– Qu'est-ce que c'est ?

– Ça s'appelle des cornes de gazelle, nous renseigne Mo.

J'éclate de rire :

– Tu ne sais pas ? J'ai oublié le dessert. Ça tombe à pic !

Émile plonge les doigts dans les friandises :

– Huuum ! Ça a l'air bon... !

Je lui ôte vivement la boîte.

– Tu les goûteras après. En attendant, va chercher l'entrée, s'il te plaît.

– En même temps, je mets les nouilles dans l'eau, me chuchote-t-il d'un ton de conspirateur, comme s'il s'agissait de la surprise du chef.

Il file à la cuisine. Silence. Tout à coup, on ne sait plus quoi se dire, Mo et moi. Je marmonne :

– On s'assoit à table ?

Il se met à côté de moi. Et j'ai l'impression qu'on joue à la dînette. Émile fait une entrée triomphale en apportant le plat que j'ai préparé de mon mieux : des œufs durs à la mayonnaise (en tube). Pour décorer, j'ai mis des rondelles de tomates, quelques radis, et des cornichons que j'ai fendus en pétales.

– Ils sont super, ces cornichons, admire Mo quand Émile pose le chef-d'œuvre au milieu.

Je murmure :

– Oui. Ma maman les coupait toujours comme ça...

Et, machinalement, en faisant la cuisine, j'ai retrouvé ses gestes. C'est drôle, les souvenirs.

Émile s'installe... et se relevant d'un bond :

– Oooooh ! gémit-il.
– Il y a un clou sur ta chaise ?
– Nooon ! On a oublié d'acheter le pain !
– Oh ! Zut !
– J'y vais, propose Mo.
– Moi, plutôt.
– Tous les deux, alors ?

127

– Pas question ! glapit Émile. Je cours plus vite que vous.

Il fait une glissade sur le parquet, entre le divan et le tapis, disparaît dans le couloir. La porte palière claque. Il est parti. Et c'est le silence, entre nous. Une fois de plus. Mo me regarde. Je regarde Mo. Au fond, si on ne se dit rien, ça n'a pas d'importance.

Mais il chuchote soudain :

– Tu sais, Nina... c'est génial d'être ici. Avec toi.

Je hoche la tête, je ne réponds rien. Je ne peux pas. Ma gorge est trop serrée : il m'a pris la main. Il la serre fort. Il se penche vers moi. Je vois briller ses yeux, comme l'autre soir. Mais, là, ils sont tout près. Beaucoup plus près. Et je ferme les miens, pour faire la nuit. J'aimerais mieux que ce soit la nuit. Parce que Mo m'embrasse. Tout doucement.

Autour de nous flotte le parfum du jasmin.

— Voilà le pain !

À la voix aiguë d'Émile, on sursaute en même temps. Mo lâche ma main. Moi, je regarde fixement le fond de mon assiette.

— Je vérifie la cuisson des pâtes et j'arriiive !

Deux secondes de répit... auxquelles succède un hurlement.

— Aaaah !
— Mimile !
— Qu'est-ce qu'y a ?
— Les pâââtes !

On se précipite à la cuisine. Sur le gaz, la casserole déborde de spaghettis moutonnants. Émile paraît désespéré :

— Deux paquets à la fois, ça devait être trop, dit-il d'un ton piteux.

Je le console :

— T'en fais pas ! Comme ça, on en a pour huit jours.

— Nouilles au fromage, en pâté, au sucre, à la tomate, rôties, grillées, en salade... improvise Mo.

On dirait qu'il chante une espèce de rap.

Et on est pris d'un de ces fous rires ! La cuisine en résonne.

On passe un après-midi formidable, tous les trois... ! Pourtant, j'aimerais mieux être seule avec Mo. Pour l'embrasser encore. Il me semble qu'en s'embrassant on s'est confié plein de choses, lui et moi. Des choses impossibles à dire avec des mots.

De temps en temps, on se regarde par-dessus la tête d'Émile. Nos regards se croisent. Et c'est comme un baiser de loin. On grignote les cornes de gazelle, sans avoir très faim.

– Une balade au Luxembourg, ça vous dit ? s'écrie Émile.

Il tend le bras en direction du carré de ciel bleu, découpé par la fenêtre :

– Z'avez vu ce beau temps ?

Je réponds tout bas :

– Magnifique. Une journée magnifique.

Et Mo me sourit.

– Alors, on y va ? insiste Mimile.

– On y va !

Nous passons les grilles. Le grand jardin est noir de monde. On flâne sous les arbres nus. En se poursuivant, des gamins nous bousculent. Un chien aboie. La vie, quoi ! Qu'est-ce qu'on est bien ! Mo a mis la main sur mon épaule. Mais, à cause d'Émile, je n'ose pas le prendre par la taille. C'est bête !

Et je me mords les lèvres ; dans la foule, cette mince silhouette au chignon noir...

Je murmure :

– Mme Camargo.

Précédée de Coppélia qui tire sur sa laisse, elle donne le bras à un monsieur aux cheveux blancs. Il me faut une seconde pour reconnaître Maître Torelli. Il fait beaucoup plus âgé, dehors. À croire que, seule, la danse lui rend sa jeunesse. Là, presque voûté, il marche sans se presser. Et sous la lumière crue de cette belle journée, notre directrice paraît plus ridée que d'habitude. Ça me fait drôle. Comme si ce n'était pas tout à fait eux. Plutôt un vieux couple pareil à tant d'autres. Il vaut mieux les laisser se promener tranquillement. Les saluer me paraît indiscret. Mais...

— Coucou ! glapit Émile, en s'élançant de leur côté.

Coppélia dresse les oreilles, ses yeux brillent. « Ouah ! » Elle fait un bond en avant, sa laisse échappe à Mme Camargo, et trente secondes plus tard, je l'ai dans les bras. Je dis tout bas à Mo :

— Je te présente ma chienne. Elle est à moi, même si personne ne le sait !

Il rit :

— Quand j'étais petit, j'ai adopté un chat, comme ça. Je veux dire... dans ma tête.

Je lui souris. Alors... on se ressemble un peu ? Tout en discutant avec Émile, la directrice et le professeur nous rejoignent. Est-ce que je dois faire une révérence ? En plein air, c'est assez gênant ! Mme Camargo résout le problème en m'embrassant :

— Bonjour, ma chérie.

Qu'elle est gentille ! Je bredouille :

— Bonjour, madame, bonjour, Maître.

Aucun des deux ne m'écoute. Mme Camargo s'écrie :

— Mo... la bonne surprise !

— Ouais. On l'a invité, dit Émile.

Elle sourit :
— Vous avez bien fait.

Ça me rassure. J'étais un peu intimidée qu'elle me voie avec Mo. Pas du tout ! Elle trouve que c'est naturel. Tant mieux. Maître Torelli renchérit :

— Bientôt le stage. N'oublie pas qu'on t'y attend, mon garçon.

Mo a l'air vachement content. Je le comprends. Émile sautille autour de nous, espèce de lutin. C'est un moment joyeux... et très bref.

— On vous laisse, les enfants, dit Nati Camargo.

Je lui rends sa chienne. Ils repartent, bras dessus, bras dessous. Mo les suit des yeux.

— Ils sont super.
— Oui.

Je n'ose pas ajouter : est-ce que, un jour, on leur ressemblera ? On sera très vieux... avec toute une vie de danse derrière nous ?

Et Mo me prend la main. Pense-t-il la même chose ? Ça se pourrait bien !

Quoique... à notre âge... penser à des choses pareilles ! J'ai de ces idées, parfois !

Épilogue

La journée a passé. Merveilleuse, rigolote, et si douce...

Le soir est venu. J'ai raccompagné Mo au R.E.R. Je suis rentrée à la maison. Ce dimanche pas comme les autres est terminé.

Est-ce que c'est triste ? Non. J'en garde des images si belles qu'il n'aura pas de fin. Je le sais. Je pourrai les revoir, mes images, tant que je voudrai, comme on feuillette un album. Dans ma boîte à secrets, j'ai caché le baiser de Mo. Un trésor que personne ne me volera jamais.

Je me sens riche. À millions ? Non. Encore mieux. Je suis riche de tas de choses qui n'ont pas de prix. Et la danse m'en apportera d'autres. J'en suis sûre.

Je les attends.

Et je tourne dans ma chambre. Je fais une pirouette en attitude. Sur la vitre noire, le reflet de Nina Fabbri tourbillonne...

FIN

Table des matières

1. Vraiment jolie... 9
2. Un panier de crabes roses et verts .. 17
3. Une étoile, une vraie 25
4. Ça se détraque ! 33
5. Chose promise... 41
6. Je suis nommée chef 51
7. Un beau jour... 59
8. ... qui commence mal ! 65
9. *Le Tutu déchiré* 71
10. Zita fait son cinéma 77
11. Éva Miller 85
12. Sous les sunlights 93
13. Et quand ils s'éteignent 103
14. Une vraie cassure 113
15. Un dimanche pas comme les autres 121
Épilogue 135

**Tu as aimé *Pleins feux sur Nina*
Découvre vite DANSE ! n° 7**
Une Rose pour Mo
[avec cet extrait]

... Lorsque j'entre dans la cour de l'école Camargo, la musique me cueille à froid. Je pensais à autre chose, je ne m'y attendais pas, et je reste saisie.

L'*Invitation à la valse*...

J'adore ! Toute petite, c'est en entendant ce morceau à la radio que je me suis mise à danser, comme ça, tout à coup – d'après ce que raconte Papa ! J'avais trois ou quatre ans, je ne savais même pas ce que signifiait le mot « danse », mais je dansais. Déjà. La danse, on l'a dans le sang ou pas ! Enfin... je crois. Moi, j'aime l'idée d'être ballerine depuis toujours... même si je travaille d'arrache-pied afin de le devenir pour de bon !

J'écoute. Les notes s'échappent par la vitre entrebâillée d'un studio ; elles viennent tournoyer autour de moi, elles m'entraînent... je ne peux pas leur résister !

J'esquisse quelques pas sur les pavés inégaux. C'est chouette ! Il y a des airs qui vous font danser, presque malgré vous...

Un gloussement m'interrompt. Je lève la tête. Oh ! zut ! comme par hasard : Julie ! Penchée à la fenêtre du vestiaire, au premier étage, elle n'a rien perdu de mon improvisation.

– Alors, on s'y croit, Fabbri ?

L'andouille ! Elle ne mérite que mon dédain ! Muette et hautaine, j'entre à l'accueil. Là, je me force à sourire :

– Bonjour, madame Suzette.

– 'Jour, tite ! marmonne-t-elle en continuant à pianoter sur le clavier de son ordinateur.

C'est bête, sa froideur m'est toujours pénible. Pour m'en débarrasser plus vite, je grimpe l'escalier quatre à quatre. La musique s'est tue. Dommage. En passant devant le vestiaire des garçons, je tends l'oreille.

Mo.

Est-il déjà arrivé ? Dans le brouhaha confus qui bourdonne derrière le battant, je ne reconnais pas sa voix. J'aimerais tellement le savoir là. Son prénom me remplit le cœur comme un soupir très doux.

Et je pénètre dans le vestiaire des Vertes. Pas le temps de saluer toute la troupe, Julie-la-Peste m'agresse aussitôt :

– Si je comprends bien, tu cherches encore à te faire remarquer...

Je hausse les épaules, les yeux au ciel. Elle s'énerve.

– Fais pas l'innocente.

Que signifie cet incompréhensible charabia ? J'en perds mon calme :

– Ça veut dire quoi, tes sous-entendus ?

Et je jette un coup d'œil interrogateur aux Vertes. Mais aucune ne me répond. Il y a un silence bizarre, hostile, je dirais. Comme si, pour une fois, toutes les filles étaient du côté de Julie.

Sa voix monte en vrille dans l'aigu :

– Tu danses dehors pour qu'on te voie et qu'on te donne le rôle !

– Le rôle... ? Quel rôle ?

Elle ricane :

— Dis pas que t'es pas au courant !

Pour un peu, j'en pleurerais ! Non ! Je ne suis pas au courant ! Et ça va me retomber sur le dos !

— C'est vrai ? demande Zita. Tu ne sais rien ?

Elle me connaît bien. Elle sait que je ne mens pas. Je bredouille :

— Rien ! Rien du tout !

Déconcertée, Julie s'est tue – une seconde. Et c'est Alice qui m'annonce :

— Il paraît que Mme Camargo va remonter le *Spectre de la rose*... version moderne... avec le nouveau !

— Avec Mo, quoi ! précise Mlle Languepointue qui ajoute, perfide. Il t'a rien dit ?

Je secoue la tête. Non. Et ça me fait drôle. Mo ne m'a rien raconté, en effet. Je ne peux pas y croire. Voilà l'explication de l'*Invitation à la valse* que je viens d'entendre. Mon *Invitation à la valse*. Il va la danser !

— Le problème, c'est sa partenaire, dit Victoria.

— On ne sait pas qui ce sera.

— Et c'est le hic !...

Dans la même collection

Danse!

1. *Nina, graine d'étoile*
2. *À moi de choisir*
3. *Embrouilles en coulisses*
4. *Sur un air de hip-hop*
5. *Le garçon venu d'ailleurs*
6. *Pleins feux sur Nina*

Cet ouvrage a été composé par
PCA - 44400 REZÉ

IMPRIMÉ EN FRANCE PAR BRODARD ET TAUPIN
1455X – La Flèche (Sarthe), novembre 1999
Dépôt légal : janvier 2000

POCKET – 12, avenue d'Italie - 75627 Paris cedex 13
Tél. : 01.44.16.05.00